**MERCI DE VOTRE FIDÉLITÉ
À KAMI. AVEZ-VOUS
APPRÉCIÉ CE PRODUIT ? N'HÉSITEZ
PAS À NOUS LE FAIRE SAVOIR !**

Site commun à Taishi Zaô (Mikiyo Tsuda) et Eiki Eiki

http://www.kozouya.com

Princess Princess plus

Princess Princess plus

1e édition française : juin 2008
dépôt légal : juin 2008

ISBN : 978-2-35100-449-4

Traduction : Tristan Brunet
Adaptation et lettrage : Darwin Prod
conception graphique : Romain Quenisset

Achevé d'imprimer en france en juin 2008
sur les presses de l'imprimerie Aubin

PRINCESS PRINCESS +
MIKIYO TSUDA

PRINCESS PRINCESS +

SOMMAIRE

VOILÀ, TU SAIS TOUT MAINTENANT
NOUS VOULONS QUE TU DEVIENNES UNE DE NOS PROCHAINES « PRINCESSES »
QU'EST CE QUE T'EN DIS ?
... Y A PAS DE « QU'EST CE QUE T'EN DIS ? »... DÈS QUE T'AS ACCEPTÉ DE METTRE LES PIEDS ICI, T'AS PERDU LE DROIT DE REFUSER, DE TOUTE FAÇON...
EUH...
J'AURAI VRAIMENT DROIT À TOUS LES PRIVILÈGES DONT VOUS AVEZ PARLÉ ?
BIEN SÛR !
SI TU DEVIENS « PRINCESSE », TU SERAS EXCUSÉ EN CAS D'ABSENCE AUX COURS, BEAUCOUP DE FRAIS SERONT GRATUITS POUR TOI, ET TU GAGNERAS AUSSI DE L'ARGENT SUR LA VENTE DE TES PHOTOS ET PRODUITS DÉRIVÉS !
C'EST DIRECT DANS TA POCHE !
SI C'EST COMME ÇA, J'ACCEPTE !

PRINCESS
PRINCESS+

ENCORE DES QUESTIONS ?
JE CROIS QUE TU EN SAIS SUFFISAMMENT À PRÉSENT
C'EST D'ACCORD ?
N'OUBLIE PAS LES PRIVILÈGES. COMME ON VIENT DE TE DIRE, TU POURRAS AUSSI T'EN METTRE PLEIN LES POCHES...
JE M'EN FICHE
J'ACCEPTE LA MISSION, MAIS CE N'EST PAS À CAUSE DES PRIVILÈGES
POUR MOI, C'EST SURTOUT UN GRAND HONNEUR D'AVOIR ÉTÉ CHOISI !
...EUH, BIEN SÛR...
BEN DANS CE CAS, ON TE SOUHAITE BON COURAGE POUR TON RÔLE DE « PRINCESSE » !
JE NE VOUS DÉCEVRAI PAS !

AUTRE CHOSE...
J'IMAGINE QU'EN TANT QUE NOUVEAUX ÉLÈVES DANS CE LYCÉE, VOUS N'ÊTES PAS ENCORE AU COURANT, MAIS IL EXISTE DANS NOTRE ÉCOLE UNE INSTITUTION SPÉCIALE : LE SYSTÈME DES « PRINCESSES »
CÉRÉMONIE D'ENTRÉE AU LYCÉE
CE SYSTÈME A ÉTÉ CRÉÉ POUR RAJOUTER UNE POINTE DE FÉMINITÉ ET POUR ENJOLIVER UN PEU VOTRE VIE DE TOUS LES JOURS AU LYCÉE
BROUHAHA
HA
QU'EST CE QUE ÇA VEUT DIRE ?... DES PRINCESSES ?
CHAIS PAS...
HEIIN ?
VEUILLEZ ACCUEILLIR CEUX QUI ONT ÉTÉ CHOISIS POUR ÊTRE NOS « PRINCESSES » CETTE ANNÉE...
TOMOE IZUMI, DE SECONDE A, ET KIRIYA MATSUOKA DE SECONDE D !

SALLE DU CONSEIL
POUR RÉSUMER LES CHOSES,
VOUS REMPLIREZ VOTRE MISSION DE PRINCESSE PENDANT UNE ANNÉE. VOTRE RÔLE CONSISTERA PRINCIPALEMENT À PORTER UN COSTUME DE FILLE POUR PRENDRE PART À TOUS LES GRANDS ÉVÈNEMENTS DU LYCÉE, À VENIR SUPPORTER LES DIFFÉRENTS CLUBS DANS LEURS ACTIVITÉS, ETC...
CECI DIT, GARDEZ EN TÊTE QUE VOUS DEVREZ VOUS CONFORMER À VOTRE RANG DE PRINCESSE DANS LA VIE DE TOUS LES JOURS, MÊME LORSQUE VOUS NE PORTEREZ PAS DE COSTUME
ENFIN, UNE CÉRÉMONIE DE PRÉSENTATION DES PRINCESSES SERA ORGANISÉE À L'OCCASION DE LA FÊTE DE DÉBUT D'ANNÉE À CE SUJET, JE VOUS RENVOIE..
À NOS « PRINCESSES » DE L'ANNÉE DERNIÈRE, QUI SE CHARGERONT DE VOUS EXPLIQUER PLUS PRÉCISÉMENT EN QUOI CONSISTE VOTRE MISSION, ET RÉPONDRONT À TOUTES VOS QUESTIONS
JE SAIS BIEN QU'IL S'AGIT D'UNE LOURDE TÂCHE, MAIS JE COMPTE SUR VOUS POUR CETTE ANNÉE
JE VOUS PRÉSENTE MIKOTO YUTAKA
TÔRU KÔNO
ET YÛJIRÔ SHIHÔDANI

TOMOE IZUMI
ET KIRIYA MATSUOKA
TRÈS BIEN
OUI !

J'ESPÈRE QUE NOUS FERONS DU BON TRAVAIL ENSEMBLE, CETTE ANNÉE
OUI, JE SUIS RAVI DE FAIRE TA CONNAISSANCE
BON !
À PARTIR D'AUJOURD'HUI, ON VA DEVOIR RUINER NOS VACANCES EN VOUS DONNANT QUELQUES COURS POUR FAIRE DE VOUS DE PARFAITES PRINCESSES, ALORS VOUS AVEZ INTÉRÊT À ASSURER
ALLONS, DU CALME, YÛJIRÔ... TU VAS PAS COMMENCER À ESSAYER DE LEUR FAIRE PEUR !
ILS VIENNENT À PEINE D'ACCEPTER LE RÔLE
HA HA HA
MEMÊ KONO EST PAS D'ACCORD AVEC TOI, YUJIRO... C'EST POUR DIRE SI TU Y VAS FORT...

TRÈS BIEN
JE SUIS PRÊT À RELEVER LE DÉFI ! J'ESSAIERAI D'ÊTRE À LA HAUTEUR DE L'HONNEUR QUE VOUS M'AVEZ FAIT EN ME CHOISISSANT !
PUISQUE JE SUIS RÉMUNÉRÉ POUR ÇA, IL EST DE MON DEVOIR DE METTRE TOUT MON CŒUR À L'OUVRAGE !
MAIS QU'EST-CE QU'ILS SONT OBÉISSANTS ! RIEN À VOIR AVEC QUI-VOUS-SAVEZ !
WAAAOUH...
AUCUN RAPPORT AVEC QUI-VOUS-SAVEZ, QUI N'ARRÊTAIT PAS DE CONTESTER LES ORDRES !
J'AI TRÈS BIEN COMPRIS DE QUI VOUS PARLIEZ, ALORS PAS BESOIN DE FAIRE DES INSINUATIONS ! DITES CARRÉMENT MON NOM !

BON, ET ON VA COMMENCER PAR S'ENTRAÎNER À MAÎTRISER LES BASES DE CE QUI FAIT UNE BONNE PRINCESSE !
ALLEZ Y, TOUS LES DEUX, SOURIEZ !
HEIN? D'ACCORD...
TOUT D'ABORD, L'ÉLÉMENT ESSENTIEL POUR CE RÔLE, C'EST LE SOURIRE !
SI VOUS N'AVEZ PAS ÇA, VOUS N'ETES PAS UNE « PRINCESSE » !
SOU... SOURIRE (POUSSIF)...
C'EST NUL !
NUL NUL NUL !
HA !
VOUS N'Y ÊTES PAS DU TOUT !
NAAN !
LÀ, VOUS ÊTES CARRÉMENT LOIN DU COMPTE !
NAAN !
C'EST CLAIR ? UN SOURIRE DE « PRINCESSE », C'EST ÇA !

SOURIRE
VOILÀ ! IL FAUT DÉGAGER UNE AURA !
IL FAUT QU'IL DISE QUELQUE CHOSE COMME « JE SUIS UNE STAR »
VOUS DEVEZ VOUS PRENDRE POUR UNE REINE ! UNE REINE !!
C'EST CE QU'ILS ONT PAS ARRÊTÉ DE ME RÉPÉTER !

IL FAUT QU'ON ARRIVE À FAIRE VOLER DES FLEURS EN ARRIÈRE-PLAN, C'EST ÇA ?
OUI, SI VOUS Y ARRIVEZ, J'IMAGINE QUE ÇA SERA BON
OUAIP
CLAIREMENT
ALORS J'ESSAYE...
POM
SOURIRE
C'EST MOU !
Y A PAS ASSEZ DE FLEURS !
IL FAUT CARRÉMENT DÉCLENCHER UNE TEMPÊTE !
BON, ALORS C'EST À MON TOUR
SOURIRE
IL SUFFIT PAS DE FAIRE UN SOURIRE NIAIS !
ÇA MANQUE DE SENSUALITÉ !
IL FAUT PLUS DE GRANDEUR, D'ARROGANCE...
ALLEZ-Y, SOURIEZ !
C'EST PAS ENCORE ÇA !
SOURIRE...
ALLEZ, ENCORE UNE FOIS !
METTEZ-Y PLUS DE COEUR !
SOURIRE...
JE SUIS DÉSOLÉ... J'AI VRAIMENT TROP MAL AUX ZYGOMATIQUES...
J'ABANDONNE...
CA ME DONNE MAL AU CRANE...
BON... ON AVAIT ENCORE DES TAS DE CHOSES À VOUS DIRE, MAIS J'IMAGINE QUE ÇA IRA POUR AUJOURD'HUI

BON, ET SI ON LEUR MONTRAIT QUELQUES EXEMPLES ?
ALORS LÀ, VOUS AVEZ LE MODÈLE « TIMIDE », GENRE VIERGE EFFAROUCHÉE
ÉMOI GARANTI POUR VOTRE VICTIME, AVEC UN EFFORT MINIMAL
OH...
L'IMPORTANT, CE SONT LES OEILLADES EN BIAIS
ET DE CE CÔTÉ LÀ, VOUS AVEZ LE MODÈLE « BOUDEUR », PEU SENSIBLE AUX CÂLINERIES
POUR PEU QUE VOUS PARAISSIEZ UN MINIMUM SINCÈRE, SON CHARME EST INCOMPARABLE
C'EST PLUS INNÉ QUE TECHNIQUE, MAIS BON...
HUM
C'EST À CHACUN DE TROUVER LES EXPRESSIONS QUI LUI CONVIENNENT LE MIEUX EN RAPPORT AVEC SA PERSONNALITÉ. IL VA DONC FALLOIR QUE VOUS CHERCHIEZ PAR VOUS MÊME
AH
ENSUITE, POUR UNE PRINCESSE, IL EST IMPORTANT DE PRENDRE SOIN DE SON APPARENCE, ET DONC IL FAUDRA SOIGNER VOTRE TENUE
IL FAUDRA AUSSI PRENDRE SOIN DE VOTRE PEAU OU DE VOS CHEVEUX

BRILLE
BRILLE...
DIS-MOI, IZUMI... IL VIENT D'OÙ, TON SHAMPOOING ?
EUH...
J'UTILISE CELUI DE CHEZ MOI... JE CROIS QUE MA MÈRE ACHÈTE TOUJOURS DES SHAMPOOINGS MADE IN FRANCE...
?
MADE IN FRANCE !?
MEUH...
UN SHAMPOOING « MADE IN FRANCE »... J'AI L'IMPRESSION DE PASSER POUR UN RINGARD, MAINTENANT...
MOI QUI PENSAIS ÊTRE UN PRO DU SOIN CAPILLAIRE...
ALLONS, C'EST PAS GRAVE... N'OUBLIE PAS QUE TU N'ES PLUS UNE PRINCESSE, MAINTENANT...
HEIN ? UN SHAMPOOING FRANÇAIS ? ILS DOIVENT AVOIR LES MOYENS, CHEZ TOI !
VOUS ÊTES RICHES OU BIEN ?
!
AH

ATTENDS...
TU T'APPELLES IZUMI, COMME LA SOCIÉTÉ DE CRÉDIT DE CONSOMMATION « IZUMI », C'EST ÇA ?
DISTRIBUTEURS AUTOMATIQUES
IZUMI
RETIREZ EN TOUTE SÉCURITÉ
IZUMI IZUMI IZUMI IZUMI
DÉCIDÉMENT, LES RICHES VIVENT VRAIMENT DANS UN AUTRE MONDE... ILS ONT MÊME DES SHAMPOOINGS POUR EUX !
IZUMI
TU VEUX DIRE QU'IL AURAIT UNE BAIGNOIRE STYLE « JUNGLE » !?
ET LES ROBINETS DE TA BAIGNOIRE, ILS SONT SCULPTÉS EN FORME DE LION !?
AH !
MAIS NON, VOYONS ! MA BAIGNOIRE EST TOUT À FAIT NORMALE !!
ET VOUS AVEZ UNE DOMESTIQUE, CHEZ VOUS ?
EUH... NON... SI VOUS VOULEZ PARLER D'UNE FEMME DE MÉNAGE...
HEIN HEIN !
WAOUH... JE SAVAIS BIEN QUE T'EN AVAIS UNE !
DÉLIIRE !
MAIS NON...
DING
ET TOI...
MATSUOKA, QU'EST CE QUE TU UTILISES ?
EUH
HA

C'EST VRAI, ÇA, MATSUOKA
OÙ EST-CE QUE TU FAIS COUPER TES CHEVEUX ? T'AS PLEIN DE FOURCHES, ET LEUR LONGUEUR N'EST PAS RÉGULIÈRE DU TOUT, QUAND ON REGARDE DE PLUS PRÈS !
EN PLUS ILS SONT TERNES !
FROTTE
WA
JE LES COUPE TOUT SEUL, POUR FAIRE DES ÉCONOMIES
KEUWAAA!?
AÏAÏAÏAÏAE!
BRR
BRR...
TU M'AS COMPRIS
SI TU VEUX VRAIMENT DEVENIR UNE « PRINCESSE », TU VAS DEVOIR TE FAIRE COUPER LES CHEVEUX CHEZ LE COIFFEUR, DORÉNAVANT. C'EST UN ORDRE !!
SI T'AS UN PROBLÈME DE FRIC, ÇA COMPTERA POUR LES DÉPENSES DES
GROGNE
...TRÈS BIEN...

ET SINON, TU UTILISES BIEN TROIS SHAMPOOINGS DIFFÉRENTS POUR TES CHEVEUX ?
EUH, NON... J'UTILISE JUSTE UN SHAMPOOING AVEC APRÈS-SHAMPOOING INTÉGRÉ...
TOUJOURS LA MÊME BOUTEILLE...
MALHEUREUX ! IL FAUT ABSOLUMENT UTILISER UN SHAMPOOING ET UN APRÈS-SHAPOOING DIFFÉRENTS ! ET IL FAUT ÉGALEMENT UTILISER UNE LOTION POUR LES CHEVEUX AVANT D'ALLER DORMIR !!
AH !
J'ESPÈRE QU'AU MOINS, TU TE SÈCHES BIEN LES CHEVEUX AU SÈCHE-CHEVEUX ?
ET BEN... JE LES LAISSE SÉCHER NATURELLE-MENT...
ESPÈCE D'ABRUTI ! TU NE SAIS PAS QUE C'EST RÈS MAUVAIS POUR LES CHEVEUX ? TU DOIS TE LES SÉCHER CORRECTEMENT AVANT D'ALLER DORMIR !!
BON ! POUR FAIRE DE TOI UNE PARFAITE « PRINCESSE », JE VAIS TE GUIDER SUR LA VOIE PASSIONNANTE DES SOINS DES CHEVEUX ET DES SOINS POUR LA PEAU !!
ENSEMBLE, NOUS ATTEINDRONS UN JOUR L'ÉTOILE DES « PRINCESSES », TOUT LÀ-HAUT
D'ACCORD...
IL EST BIEN EXCITÉ, YÛJIRÔ...
IL M'A JAMAIS FAIT UN TEL CINÉ POUR QUE JE M'OCCUPE DE MES CHEVEUX...
QUE VEUX TU, LES CHE-VEUX, C'EST SON DADA...
PARCE QUE LÀ, C'EST CLAIR QU'IL EN FAIT DOUZE FOIS TROP...
TRÈS BIEN, C'EST TOUT POUR AUJOURD'HUI !
N'OUBLIEZ PAS DE VOUS ENTRAÎNER À SOURIRE CHEZ VOUS ! C'EST COMPRIS ?

ATTENDS !
ATTENDS-MOI, MATSUOKA !
TU VEUX PAS QU'ON PARLE UN PEU ENSEMBLE, AVANT DE SE SÉPARER ?
HAA...
COMME ON VA DEVOIR PASSER PAS MAL DE TEMPS ENSEMBLE, J'AIMERAIS BIEN EN SAVOIR PLUS SUR TOI
TU M'EXCUSES, MAIS J'AI PAS VRAIMENT LE TEMPS DE TRAÎNER EN ROUTE, AUJOURD'HUI. JE DOIS RENTRER TRÈS VITE CHEZ MOI
AH...

HÉ!
TU DOIS TE DÉPÊCHER PARCE QUE TU AS QUELQUE CHOSE À FAIRE ? QUEL GENRE DE CHOSE ?
SI T'ES D'ACCORD, MOI AUSSI JE PEUX VENIR CHEZ TOI
SI C'EST PAS POSSIBLE AUJOURD'HUI, ALORS DEMAIN...
T'ES LOURD ! J'AI PAS SPÉCIALEMENT ENVIE D'ÊTRE INTIME AVEC TOI AU POINT DE T'INVITER CHEZ MOI !
MAIS MOI, JE TE LE DE-MANDE PARCE QUE JE VEUX QU'ON SOIT PLUS PROCHES !

DE TOUTE FAÇON, TU PEUX TOUJOURS VENIR, MAIS T'ATTENDS PAS À ÊTRE ACCUEILLI CHEZ MOI À BRAS OUVERTS !
DASH...
AH...
TAP...

DING DONG
OUI, J'ARRIVE !
TCHAAC
BONSOIR...

BONSOIR, MATSUOKA !
IZUMI !
MAIS COMMENT T'AS FAIT POUR VENIR ICI ?
ET BIEN... J'AI PRIS LE TAXI, ET...
TU TE FOUS DE MOI ! C'EST PAS CE QUE JE T'AI DEMANDÉ !
KIRIYA ?

QU'EST CE QUI SE PASSE ? ON A DE LA VISITE ?
GRAND FRÈRE !
ET KAEDE !
TIENS ?
CET UNIFORME... C'EST UN DE TES COPAINS DE CLASSE QUI VIENT TE RENDRE VISITE ?
QUE...
GRAND FRÈRE !!
C'EST ÇA !!
PADAM
JE ME PERMETS DE RENTRER...

JE M'APPELLE MAKITO, JE SUIS LE GRAND FRÈRE DE KIRIYA, ET VOICI KAEDE, NOTRE PETITE SOEUR
ENCHANTÉ ! JE M'APPELLE TOMOE IZUMI
JE, EUH... JE VOUS AI APPORTÉ UN CADEAU...
C'EST UN GÂTEAU
OH, C'EST VRAIMENT GENTIL ! ON N'AURA QU'À LE MANGER APRÈS DÎNER !
D'AILLEURS, TU VEUX RESTER MANGER AVEC NOUS ?
HEIN ! VOUS ÊTES VRAIMENT D'ACCORD !?
BIEN SÛR ! C'EST BIENTÔT L'HEURE DU DÎNER, ET PUIS TU AS APPORTÉ UN GÂTEAU, ALORS...
MAIS JE TE PRÉVIENS, ÇA N'AURA RIEN D'UN FESTIN !
ÇA SERA SUPER, J'EN SUIS SÛR !
JE TÉLÉPHONE CHEZ MOI POUR PRÉVENIR !

MAKITO ! CE TYPE N'EST PAS VRAIMENT MON AMI !
ON A JUSTE LES MÊMES FONCTIONS AU LYCÉE...
ET BEN COMME ÇA, VOUS FEREZ CONNAISSANCE, NON ?
OUI, C'EST POUR LE DÎNER DE CE SOIR... JE MANGE CHEZ UN COPAIN
OUI, JE TE REMERCIE
...IL N'A RIEN À VOIR...
CE TYPE N'A RIEN À VOIR AVEC NOUS...
ALORS J'AI PAS SPÉCIALEMENT ENVIE DE FAIRE D'EFFORT POUR M'ENTENDRE AVEC LUI...
KIRIYA...
COMMENT TU VEUX SAVOIR SI TU VAS BIEN T'ENTENDRE AVEC LUI SI TU N'ESSAYES MÊME PAS ?
ON EST PARTICULIÈREMENT BIEN PLACÉS POUR SAVOIR QUE LES RELATIONS ENTRE LES GENS PEUVENT CHANGER DU JOUR AU LENDEMAIN
C'EST BIEN DE VOULOIR SE PROTÉGER, KIRIYA, MAIS IL NE FAUT PAS NON PLUS DEVENIR TROP MÉFIANT...
D'ACCORD ?

IZUMI, TU DOIS SAVOIR QUE DANS CETTE MAISON, LA RÈGLE C'EST : PREMIER ARRIVÉ, PREMIER SERVI !
AH HA HA HA HA
TCHAC
SI TU NE TE DÉPÊCHES PAS DE TE SERVIR, TU N'AURAS RIEN À MANGER !
TCHAC
AAAH...
AH ! MAIS D'AILLEURS...
ÇA NE POSERA PAS DE PROBLÈME SI ON COMMENCE À DÎNER SANS ATTENDRE VOS PARENTS ?
C'EST UN PEU TARD, MAIS BON...
NOUS N'AVONS PLUS DE PARENTS. ILS SONT MORTS DANS UN ACCIDENT DE VOITURE...
AH !
JE SUIS VRAIMENT DÉSOLÉ !...

IL N'Y A PAS DE MAL. ÇA FAIT MAINTENANT 4 ANS QUE NOUS VIVONS ENSEMBLE...
ET NOUS SOMMES TRÈS HEUREUX, DANS NOTRE VIE ENTRE FRÈRES ET SOEUR
ON PRÉPARE ENSEMBLE LA CUISINE...
ON SE DISPUTE LES PLATS EN SE CHAMAILLANT...
ET VOILÀ COMMENT SE PASSENT NOS DÎNERS, DANS NOTRE PETIT APPARTEMENT...
C'EST VRAI... MOI JE SUIS UN ENFANT UNIQUE...
ÇA A L'AIR VRAIMENT BIEN... IL RÈGNE UNE AMBIANCE SI CHALEU-REUSE...
JE VOUS ENVIE UN PEU...

BON, MOI JE VAIS DEVOIR ALLER AU BOULOT ! ALORS JE COMPTE SUR TOI, KIRIYA !
POUR RANGER ET FERMER LA MAISON
D'ACCORD
ET TOI, IZUMI, EXCUSE-NOUS DE NE PAS AVOIR MIS LES PETITS PLATS DANS LES GRANDS POUR TE RECEVOIR !
OH NON, NE DÎTES PAS ÇA ! C'ÉTAIT PARFAIT !!
CLAP...
MAKITO TRAVAILLE COMME GIGOLO, PAS VRAI ?
C'EST LA PREMIÈRE FOIS QUE J'EN VOIS UN EN VRAI !
WAOUUUH...
KAEDE ! TU PEUX COMMENCER À DÉBARAS-SER ?
D'ACCORD !
TAP TAP TAP...
MOI AUSSI, JE VAIS ALLER L'AIDER !

AH...
POUM
VOILÀ TON SAC
ALORS PRENDS-LE, ET TIRE-TOI !
ET T'AS PAS INTÉRÊT À REVENIR ICI !

MAIS... JE T'ASSURE QUE JE VOUS ENVIE VRAIMENT...
ET POUR MON GRAND FRÈRE !
T'ES RICHE
T'AS DES PARENTS
ET TU OSES DIRE QUE TU NOUS ENVIES ?
ARRÊTE UN PEU DE RACONTER DES CONNERIES !
C'EST VRAI QU'IL TRAVAILLE COMME GIGOLO DANS UN BAR À HÔTES, ET QUE C'EST PAS CONVENABLE, COMME BOULOT
MAIS IL N'A PAS EU TROP LE CHOIX ! IL FALLAIT BIEN NOURRIR NOTRE FAMILLE ! C'EST POUR ÇA QU'IL A DÛ ABANDONNER SES ÉTUDES !
ET TOI, TU PARLES DE LUI COMME S'IL ÉTAIT PAS DE LA MÊME RACE, OU JE SAIS PAS QUOI...
C'EST PAS DU TOUT CE QUE JE VOULAIS DIRE...
QUOI QU'IL EN SOIT !

JE SUIS D'ACCORD POUR QU'ON TRAVAILLE ENSEMBLE COMME « PRINCESSES »
MAIS ÇA VEUT PAS DIRE QU'ON EST OBLIGÉS DE DEVENIR DES AMIS INTIMES !
CLAP...
CLANG
CLANG
CLANG
CLANG...

SALLE DE RÉUNION
ALORS AUJOURD'HUI, ON VA VOUS APPRENDRE À BIEN VOUS TENIR DEBOUT ET À MARCHER COMME IL FAUT
COMMENÇONS PAR VOTRE POSTURE. UNE « PRINCESSE » DOIT SE TENIR DE MANIÈRE ÉLÉGANTE OU MIGNONNE
ALLONS-Y POUR LES EXEMPLES !
ROGER !
SI VOUS VOULEZ ÊTRE ÉLÉGANTS, VOUS DEVEZ POSER VOTRE PIED AVANT SUR LA MÊME LIGNE QUE L'AUTRE PIED. C'EST LA « POSITION DU DANSEUR »
POSITION DU DANSEUR
POSITION DU CHASSE-NEIGE
SI VOUS OPTEZ POUR LE CÔTÉ MIGNON, VOUS POUVEZ METTRE VOS PIEDS EN CANARD, DANS LA « POSITION DU CHASSE-NEIGE », COMME AU SKI
MAINTENANT, PASSONS À LA DÉMARCHE..
QUAND VOUS SEREZ HABILLÉS EN « PRINCESSE », VOUS PORTEREZ DES PLATFORM BOOTS AVEC DES SEMELLES HAUTES DE PLUSIEURS CENTIMÈTRES, AVEC UN TALON HAUT, CE QUI DONNE UN DÉNIVELÉ IMPORTANT, ET REND LA MARCHE EXTRÊMEMENT DIFFICILE
AVEC ÇA, VOUS AUREZ COMME DES ENTRAVES AUX PIEDS...
VOUS ÊTES PRÊTS !?
DE VRAIS BOULETS !
DES CHAÎNES !
DES MENOTTES !

BON, MAINTENANT QUE VOUS CONNAISSEZ LA THÉORIE, VOUS ALLEZ ENFILER CES CHAUSSURES DE « PRINCESSE » ET ON VA COMMENCER L'ENTRAÎNEMENT !
SHDING
IL VOUS ARRIVERA DE VOUS FAIRE DES BLEUS, OU DES ENTORSES, ET VOUS POUVEZ MÊME VOUS CASSER LA CHEVILLE, SI VOUS ÊTES MALADROITS !
C'EST POUR ÇA QU'IL FAUT ÊTRE TRÈS PRUDENT POUR ÉVITER DE SE BLESSER !
ILS VOIENT DÉJÀ CES CHAUSSURES COMME DES INSTRUMENTS DE TORTURE
VOILÀ ! TOURNEZ LE BOUT DE VOS PIEDS VERS L'INTÉRIEUR !
PAM
ET FAITES ATTENTION À VOS MAINS !
CLANK
AH...
AH...

EXCUSE MOI...
TRÈS BIEN !
ON ARRÊTE LÀ POUR AUJOURD'HUI !
CLAC
CLAC
CLAC
C'EST RIEN... MAIS FAIS ATTENTION
COMMENT ON FAIT, POUR DEMAIN ?
POUR LE MOMENT, ON VA LES FAIRE RÉVISER
À CE SUJET...
VOUS AVEZ REMARQUÉ ?
OUAIS...
Y A QUELQUE CHOSE QUI CLOCHE...
HEIN ? QUOI ?

...VOILÀ LA SITUATION
ON DIRAIT BIEN QUE NOS PRINCESSES DE CETTE ANNÉE NE S'ENTENDENT PAS BIEN. ILS NE SE CONNAISSAIENT PAS AVANT, DONC LA RAISON NE VIENT PAS DE LÀ
VOUS NE CROYEZ PAS QUE C'EST SURTOUT MATSUOKA QUI A DU MAL AVEC IZUMI ?
JE NE M'ÉTAIS PAS RENDU COMPTE DU PROBLÈME, QUAND JE LES AI VUS TOUS LES DEUX ICI...
AAAH...
ON PEUT EN CONCLURE QUE ÇA A COMMENCÉ APRÈS LE PREMIER JOUR...
MAIS ALORS... VOUS VOULEZ DIRE QUE LES PRINCESSES DE CETTE ANNÉE NE S'APPRÉCIENT PAS ?

TU VEUX DIRE QUE T'AS PAS REMARQUÉ L'ATMOSPHÈRE GLACIALE, QUAND ILS SONT ENSEMBLE...
T'AS PAS ENTENDU, QUAND J'AI DIT QU'IL Y AVAIT QUELQUE CHOSE QUI CLOCHAIT !?
HEIIIN ? MAIS À QUOI VOUS AVEZ VU QU'ILS NE S'AIMAIENT PAS ? COMMENT JE PEUX SAVOIR, MOI, SI VOUS M'EN PARLEZ PAS CLAIREMENT !?
JUSTE À L'INSTANT !
AAAH...
BAH, QUE VEUX-TU... ON NE REFERA PAS MIKOTO...
COMMENT ESPÉRER QU'UN BALOURD MAL DÉGROSSI COMME LUI PUISSE PERCEVOIR DES ÉMOTIONS AUSSI FINES ?...
JE VOUS AI ENTEN-DUS !
ARRETEZ DE VOUS FOUTRE DE MA GUEULE !
MAIS POUR NOUS, IL EST CLAIR QUE MATSUOKA CHERCHE À METTRE DE LA DISTANCE ENTRE LUI ET IZUMI...
ENFIN, À PART POUR MIKOTO, BIEN SÛR
C'EST BON ! CHUIS PAS UN RAPIDE DE LA COMPRENETTE, OK !!
SCROGNEU GNEU...
C'EST VRAI QU'À PRIORI, MATSUOKA FAIT TOUT POURQUE RIEN N'Y PARAISSE...
IL NE L'IGNORE PAS COMPLÈTEMENT, ET N'EST PAS NON PLUS TOUJOURS EN TRAIN DE LUI CHERCHER DES NOISES...

SI LA DISCORDE S'INSTALLE ENTRE NOS PRINCESSES, ELLE RISQUE DE S'ÉTENDRE, À CAUSE DE LEUR INFLUENCE
DANS LE PIRE DES CAS, ON PEUT MÊME IMAGINER QUE DEUX CAMPS VONT SE FORMER DERRIÈRE CHACUN ET S'AFFRONTER
COMME À L'ÉPOQUE DE NOTRE ÉLECTION...
IL FAUT TOUT FAIRE POUR QU'UNE TELLE CHOSE NE SE REPRODUISE PAS...
HUM
MAIS MÊME SI ON EN ARRIVE LÀ, JE FERAI LE NÉCESSAIRE POUR RAMENER L'ORDRE, AKIRA
NE T'INQUIÈTE PAS
SWIP...
MITAKA...
HÉ LÀ ! TU VAS ARRÊTER DEUX MINUTES LA FRIME !
ON N'A AUCUNE CONFIANCE EN TES COMPÉTENCES !
ET C'EST PAS UNE RAISON POUR EN PROFITER POUR LE TRIPOTER !!
C'EST DU HARCÈLEMENT SEXUEL !

AH
MAIS OUI ! PUISQU'ON PARLE DE PRINCESSE
HUM
SI ON DEMANDAIT SON AVIS À L'EX-PRÉSIDENT ARISADA ?
LUI AUSSI, IL A ÉTÉ PRINCESSE, ALORS PEUT-ÊTRE QU'IL SAIT COMMENT REMÉDIER À UNE TELLE SITUATION, VOUS NE PENSEZ PAS ?
AH NON ! JE NE VEUX SURTOUT PAS AVOIR AFFAIRE À LUI !!
SURTOUT PAS !
AH, D'ACCORD...
MÊME SI IL CONNAIT UN MOYEN D'ARRANGER LA SITUATION !
JE REFUSE D'EN ARRIVER LÀ !
C'EST COMPRIS...
C'EST VRAI QUE POUR VOUS, IL N'Y A JAMAIS EU CE GENRE DE PROBLÈME... VOUS VOUS ENTENDIEZ SI BIEN !
C'EST VRAI POUR NOUS DEUX... MAIS JE NE DIRAIS PAS LA MÊME CHOSE POUR MIKOTO
TRALAAAALA
ÇA N'A PAS ÉTÉ TOUS LES JOURS FACILES D'APPRIVOISER UNE TELLE FURIE !
IL NOUS A VRAIMENT DONNÉ DU FIL À RETORDRE...
APPRIVOISER UNE TELLE FURIE ? NAN MAIS DE QUOI VOUS PARLEZ, ENCORE !?
C'EST QUI LA FURIE ?
SI TU N'AIMES PAS QU'ON T'APPELLE COMME ÇA, ALORS TU PRÉFÈRES PEUT-ÊTRE QU'ON PARLE DE « GARÇON MANQUÉ » ?
MAIS C'EST DES EXPRESSIONS QU'ON UTILISE POUR LES FILLES, NORMALEMENT !!
ET ALORS ? TU ÉTAIS UNE PRINCESSE, OUI OU NON ?
AH, EUH... C'EST VRAI, MAIS... MAIS N'IMPORTE QUOI, D'ABORD !!
ALLONS, C'EST BON... CALMEZ-VOUS

ET SINON, VOUS CONNAISSEZ LA CAUSE DU PROBLÈME ?
BEN, POUR TOUT TE DIRE, ON A DÉJÀ ESSAYÉ DE POSER LA QUESTION À IZUMI, EN S'IMAGINANT QU'IL SERAIT PLUS FACILE À AMADOUER...
HEIN?...
OUAIP
ET SINON, COMMENT ÇA SE PASSE AVEC MATSUOKA ?
VOUS VOUS ENTENDEZ BIEN ?

OUI, OUI...
VOUS M'EXCUSEREZ
MAIS C'EST AUJOURD'HUI QUE J'EMMÉNAGE À L'INTERNAT, DONC JE DOIS VÉRIFIER SI MES BAGAGES SONT BIEN ARRIVÉS...
DÉSOLÉ DE VOUS QUITTER SI VITE !
ET VOILÀ
SALLE DU CONSEIL

EN GROS, IL NOUS A MIS UN JOLI VENT
MAIS IMPOSSIBLE DE SAVOIR S'IL A FAIT EXPRÈS, OU S'IL ÉTAIT VRAIMENT OCCUPÉ...
ALORS C'EST POUR ÇA QUE VOUS LUI AVEZ POSÉ CETTE QUESTION...
HÉ HÉ, VOUS VOUS ETES FAIT JETER PAR UN ÉLÈVE DE SECONDE...
LA FERME !
ET VOUS AVEZ AUSSI ESSAYÉ DE DEMANDER À MATSUOKA ?
NON, IL EST RENTRÉ CHEZ LUI TOUT DE SUITE APRÈS LA RÉUNION, ET ON N'A PAS EU LE TEMPS DE LUI METTRE LA MAIN DESSUS
BAH, COMME MATSUOKA AUSSI VA DEVOIR S'INSTALLER À L'INTERNAT, VOUS N'AUREZ QU'À L'INTERROGER LÀ-BAS
MAIS IL EST DEMI-PENSIONNAIRE, JE ME TROMPE ?
AH OUI, C'EST VRAI... IL EST SOUTIEN DE FAMILLE...
PETIT COURS SUR LES RÈGLES DE VIE DES PRINCESSES
LES PRINCESSES SONT NORMALEMENT CENSÉES VIVRE À L'INTERNAT, SAUF EN CAS DE CONTRE-INDICATION LIÉE À LA SITUATION FAMILIALE
QUAND AU BOUT D'UN AN ON ABANDONNE SON RÔLE DE PRINCESSE, ON PEUT AUSSI QUITTER L'INTERNAT, MAIS CEUX QUI LE VEULENT PEUVENT CONSERVER LEUR CHAMBRE
MEME S'ILS HABITENT À COTÉ DE L'ÉCOLE !
VOILÀ POURQUOI NOUS, ON VIT TOUJOURS À L'INTERNAT
PAR CONTRE, LE PRÉSIDENT, LUI, AVAIT ABANDONNÉ SA CHAMBRE
AH OUAIS ?
C'EST VRAI ?

S'IL EST SOUTIEN DE FAMILLE...
C'EST QUE SA FAMILLE NE DOIT PAS AVOIR BEAUCOUP DE MOYENS. CE SERAIT ÇA, LA CAUSE DU PROBLÈME ?
C'EST POSSIBLE...
C'EST VRAI QUE LA FAMILLE D'IZUMI EST PROPRIÉTAIRE D'UNE GRANDE ENTREPRISE CÉLÈBRE, ET QUE MATSUOKA L'A APPRIS AVEC NOUS...
LEURS STYLES DE VIE SONT COMPLÈTEMENT OPPOSÉS... C'EST SÛR QU'APRÈS, ÇA DOIT ÊTRE DIFFICILE POUR EUX DE S'ENTENDRE

HUM
EUH...
J'IMAGINE QUE T'AS TOUJOURS PAS COMPRIS LA SITUATION, GROS BALOURD
MAIS OUIIII ! JE SUIS DÉSOLÉ, MAIS J'Y COMPRENDS RIEN !!
OUI, C'EST VRAI, JE SUIS BALOURD... J'AVOUE, MAIS J'Y PEUX RIEN, VOUS COMPRENEZ !...
SNIF
EN RÉSUMÉ...
TU VOIS, ON ESSAYE PAS DE SE FOUTRE DE TOI, ON T'EXPLIQUE !
IZUMI EST LE FILS DU PROPRIÉTAIRE DE LA CÉLÈBRE MAISON DE CRÉDITS. EN GROS, ON PEUT DIRE QUE C'EST UN FILS DE RICHE, UN GROS BOURGEOIS, ETC...
MATUSOKA, PAR CONTRE, N'A PLUS DE PARENTS, ET C'EST SON GRAND FRÈRE QUI GAGNE L'ARGENT DE LA FAMILLE. SI VOUS ME PERMETTEZ D'UTILISER UN TERME CRU, ON PEUT DIRE QUE PAR RAPPORT À IZUMI, C'EST UN « POUILLEUX ».

ON PENSE DONC QUE MATSUOKA REJETTE IZUMI PARCE QU'IL COMPLEXÉ À CE SUJET
HEIN ?... MAIS...
IL N'Y PEUT RIEN, SI ÇA SITUATION FAMILIALE EST COMPLIQUÉE... IL DEVRAIT RÉALISER QUE ÇA N'A AUCUN RAPPORT, NON ?
OUAIS... NORMALEMENT, C'EST COMME ÇA QU'ON DOIT RÉAGIR EN ADULTE, MAIS C'EST ENCORE UN GAMIN...
ÇA, C'EST SURTOUT CE QUE LES RICHES ONT L'HABITUDE DE DIRE POUR SE DONNER BONNE CONSCIENCE !
LES GENS QUI SONT EN HAUT DE L'ÉCHELLE SOCIALE NE PEUVENT PAS COMPRENDRE CE QUE RESSENTENT LES GENS QUI SE SITUENT EN BAS
C'EST POUR ÇA QU'IL LEUR ARRIVE SOUVENT DE LES PIÉTINER SANS AUCUNE PITIÉ
OU DE BLESSER LA SENSIBILITÉ DES AUTRES SANS MÊME LE VOULOIR NI S'EN APERCEVOIR

SHIHÔDANI...
JE ME RAPPELLE PAS AVOIR JAMAIS ÉTÉ BLESSÉ PAR MIKOTO, EN TOUT CAS
CECI DIT
DOUTE
QUE...
C'EST VRAI... CE SERAIT PLUTÔT TOI QUI A L'HABITUDE DE LE PERSÉCUTER, YÛJIRÔ...
OUAIS
QUOI QU'IL EN SOIT, IL VA FALLOIR RÉGLER CE PROBLÈME AU PLUS VITE !
C'EST LE GENRE DE QUERELLE QUI A TENDANCE À S'AGGRAVER AVEC LE TEMPS, ET IL SERA DONC DE PLUS EN PLUS DIFFICILE DE RÉSOUDRE LE PROBLÈME
MOI QUI CROYAIS QUE T'ÉTAIS EN TRAIN DE M'ACCUSER D'AVOIR MANQUÉ DE SENSIBILITÉ À TON ÉGARD !!
BRR

BON
POUR L'INSTANT, ON VA ESSAYER D'EN DISCUTER ENTRE NOUS POUR DÉCIDER D'UNE SRATÉGIE
EN TANT QU'ANCIENNES PRINCESSES, IL EST DE NOTRE DEVOIR D'APPRENDRE AUX NOUVELLES PRINCESSES LES OBLIGATIONS LIÉES À LEUR RANG !
TRÈS BIEN ! JE VOUS SOUHAITE DE RÉUSSIR !
EUH, ENFIN BON
EVIDEMMENT, SI LES CHOSES TOURNENT MAL ET QU'ON RISQUE L'ÉMEUTE AU LYCÉE, ON COMPTERA SUR TOI POUR ARRANGER LE COUP
HÉ HÉ
OUI, SI LE PROBLÈME NE SE LIMITE PLUS À UNE SIMPLE QUERELLE DE GAMINS, J'AI BIEN PEUR QUE SEUL UN PONTE DANS TON GENRE PUISSE RÉGLER LA SITUATION
ÇA SERA À TOUR DE JOUER !
...DÉSOLÉ !
NE COMPTEZ PAS SUR AKIRA POUR RÉGLER VOS BOURDES !
BANDE DE BRANLEURS !
HA HA HA HA...

CRIIII...
TOUT D'ABORD, IL FAUT QUE JE RENCONTRE LE RESPONSABLE DE L'INTERNAT...
IL PARAÎT QU'UNE DES PRINCESSES DE CETTE ANNÉE EST BOURRÉE DE THUNES ! GENRE SUPER-RICHARD !

IL PARAÎT QU'ILS ONT MÊME FAIT DES TRAVAUX POUR RENFORCER LA SÉCURITÉ DE L'INTERNAT SPÉCIALEMENT POUR LUI !
SIFFLE ♪
DÉCIDÉMENT, LES RICHES VIVENT PAS DANS LE MÊME MONDE QUE NOUS !
C'EST DINGUE !
ON A L'IMPRESSION QUE C'EST PAR(BIP) HILT(BIP) EN PERSONNE QUI VIENT VIVRE AVEC NOUS !
HA HA HA...
OUAIS, C'EST CLAIR ! LE GENRE DE MEC QUI A TOUJOURS VÉCU DANS UNE PRISON DORÉE !
BUREAU DU RESPONSABLE

AH OUI, ON M'A PARLÉ DE TOI !
C'EST TOI QUI DEVRAS RENTRER CERTAINS JOURS CHEZ TOI, ET QUI DU COUP A UN STATUT DE DEMI-PENSIONNAIRE ?
OUI, C'EST ÇA
PRÉVIENS MOI AVANT, LES JOURS OÙ TU DOIS RENTRER CHEZ TOI. SUFFIT DE FAIRE PASSER LE MESSAGE
SINON JE SERAI EMBÊTÉ POUR L'APPEL
QUAND TU DORS À L'INTERNAT, FAIS BIEN ATTENTION AUX HORAIRES DES REPAS ET DES BAINS
TRÈS BIEN, JE COMPRENDS
BON, JE VAIS TE MONTRER TA CHAMBRE
LAISSE MOI PORTER TES VALISES
TCHAC
IL A ÉTÉ DÉCIDÉ QUE LES « PRINCESSES » AURAIENT DROIT À DES CHAMBRES RÉSERVÉES, LES « P-ROOM »
C'EST LÀ-BAS QUE SE TROUVE TA CHAMBRE

AH
LES DEUX PORTES EN FACE SONT CELLES DES CHAMBRES DES ANCIENNES PRINCESSES
ALORS SI TU AS DES QUESTIONS À POSER SUR LE BOULOT, N'HÉSITE PAS À ALLER LES VOIR !
NORMALEMENT CE SONT DES CHAMBRES DOUBLES
MAIS L'AUTRE « PRINCESSE » A DÉJÀ DEMANDÉ À POUVOIR DISPOSER D'UNE CHAMBRE POUR LUI SEUL
C'EST SÛREMENT MIEUX COMME ÇA ! VOUS AUREZ D'AUTANT MOINS À SUBIR LES INDÉLICATESSES DES AUTRES ÉLÈVES !
« DÉCIDÉMENT, LES RICHES VIVENT PAS DANS LE MÊME MONDE QUE NOUS »
BON, BEN JE VAIS TE LAISSER !
MERCI POUR TOUT !

SWIP
TCHAC...
CLAP...

ALORS... EUH... TU VOUDRAIS PAS NOUS EXPLIQUER LA RAISON DU MALAISE ?

...TOUT EST DE MA FAUTE...
JE SUIS ALLÉ CHEZ MATSUOKA, ALORS QU'IL M'AVAIT FAIT COMPRENDRE QU'IL NE VOULAIT PAS QUE JE VIENNE...
AAAH... IL A DONC BIEN BLESSÉ SA SENSIBILITÉ SANS S'EN APERCEVOIR...
TYPIQUE...
C'EST DONC COMME ÇA QUE LA SITUATION S'EST DÉGRADÉE...
HEIN ? MAIS TU CROIS PAS QUE C'EST UN PEU JUSTE, COMME RAISON ? MATSUOKA A PAS L'AIR SI HARGNEUX ?
C'EST UN PEU COMME S'IL AVAIT LA NAUSÉE SANS MEME AVOIR SENTI L'ODEUR DU PET...
MOI NON PLUS ! JE CROIS BIEN QU'IL M'EN FAUDRAIT PLUS POUR QUE JE SOIS VRAIMENT FÂCHÉ AVEC QUELQU'UN !
LE PROBLÈME... C'EST QUE LE GRAND FRÈRE DE MATSUOKA TRAVAILLE DANS UNE MAISON D'HÔTE POUR FAIRE VIVRE LA FAMILLE...
COMME C'ÉTAIT LA PREMIÈRE FOIS QUE JE VOYAIS UN GIGOLO EN VRAI, JE N'AI PAS PU M'EMPÊCHER DE LE DIRE À HAUTE VOIX, COMME SI JE PARLAIS D'UNE BÊTE CURIEUSE...
ET JE CROIS QUE MATSUOKA A CRÛ QUE JE ME MOQUAIS DE LUI... IL AVAIT L'AIR TRÈS TRÈS EN COLÈRE...

AAAAH... PAS ÉTONNANT QUE L'AUTRE L'AIT CARRÉMENT MAL PRIS... MÊME S'IL PENSAIT PAS À MAL...
C'EST... C'EST PAS VRAI... COMMENT DIRE...
LÀ C'EST SUR, ÇA CRAINT...
VOILÀ DONC L'ORIGINE DU PROBLÈME...
MAIS TOI, IZUMI, TU VOUDRAIS ARRANGER LES CHOSES AVEC MATSUOKA, SI TU POUVAIS ?
OH OUI ! BIEN SÛR !
J'AI EU UN FAIBLE POUR MATSUOKA DÈS LE PREMIER COUP D'OEIL !
JE VEUX FAIRE TOUT MON POSSIBLE POUR QU'ON S'ENTENDE BIEN !!

DEPUIS QUE LES COURS ONT COMMENCÉ, MATSUOKA EST TELLEMENT MIGNON QU'IL S'EST TRÈS VITE FAIT BEAUCOUP D'AMIS !
MAIS MOI, JE VOULAIS DEVENIR SON MEILLEUR AMI, ALORS J'AI TOUT FAIT POUR ME RAPPROCHER DE LUI LE PLUS VITE POSSIBLE
J'AI PENSÉ QU'IL FALLAIT QUE JE ME RAPPROCHE DE LUI DÈS LE DÉBUT DES COURS, AVANT QUE D'AUTRES AIENT LE TEMPS DE...
ET MAINTENANT... J'AI TELLEMENT VOULU FORCER LE DESTIN QUE ÇA A FINI PAR UN FIASCO...
J'AI TOUT RATÉ...
••••••••
EUH, LES GARS...
C'EST... C'EST BIEN DE L'AMITIÉ... HEIN ?
BONG
BONG
...SANS DOUTE... PEUT-ÊTRE... MAIS SI VOYONS, C'EST OBLIGÉ !... ENFIN JE CROIS...
DISONS QUE C'EST AMBIGU ?
BONG
BONG
BONG
OU LA LA...
...BAAH...

DE TOUTE MANIÈRE, ON S'EN FOUT DE SAVOIR SI C'EST DE L'AMOUR OU PAS ! L'IMPORTANT, C'EST QU'AU BOUT DU COMPTE ILS S'ENTENDENT BIEN !
BONG
BONG
EUVUH...
VOUS ETES SURS ?
BONG
CLAIREMENT. ÇA, C'EST PLUS NOTRE PROBLÈME. NOUS, DU MOMENT QU'ON ARRIVE À LES RABIBOCHER, ON AURA RÉUSSI NOTRE MISSION !
BONG
IZUMI... ON A TRRRRÈS BIEN COMPRIS CE QUE TU RESSENTAIS
BRILLE BRILLE...
BRILLE BRILLE...
TU SAIS, ÇA NOUS DÉCHIRE VRAIMENT LE CŒUR DE VOIR DES CONSOEURS PRINCESSES SE DÉCHIRER COMME VOUS LE FAITES
ALORS ON VA FAIRE TOUS LES EFFORTS POSSIBLES POUR VOUS RÉCONCILIER AVEC MATSUOKA !
MAIS BIEN SÛR !!
HA HA HA
MERCI BEAUCOUP !
VOUS... VOUS ETES SURS QUE C'EST BON ?
HEIN ! VRAIMENT ?

BON, MAINTENANT, IL FAUT GAGNER LA CONFIANCE DE MATSUOKA
MAIS D'ABORD, IL VA FALLOIR QUE TU RENTRES CHEZ TOI, MIKOTO
TOURNE
HEIIIN ? QU'EST-CE QUE ÇA VEUX DIRE !?
JE CROYAIS QU'ON ÉTAIT CENSÉS BOSSER ENSEMBLE ?
TU VOIS, MATSUOKA... C'EST PLUS UN TYPE DANS NOTRE GENRE, SI TU VOIS CE QUE JE VEUX DIRE...
ET TOI, MIKOTO, T'ES PLUTÔT DE LA MÊME ESPÈCE QU'IZUMI...
VOILÀ POURQUOI...

ON PENSE QUE TA PRÉSENCE SEULE RISQUE DE BRAQUER MATSUOKA CONTRE NOUS
ET VLAN !
MAIS EUH... C'EST COMME SI VOUS REFUSIEZ MON EXISTENCE...
ET PUIS ÇA VEUT DIRE QUE VOUS AUSSI, VOUS N'APPRÉCIEZ PAS MA PRÉSENCE ?
EST-CE QUE TU ES VRAIMENT SÛR QUE TU VAS PAS ENCORE FAIRE UNE BOURDE ?
TU PEUX NOUS PROMETTRE QUE TU NE RISQUES PAS D'EMBROUILLER ENCORE PLUS LA SITUATION ?
...NAN
TU VOIS ! C'EST POUR ÇA QUE TU DOIS NOUS LAISSER FINIR SEUL LE BOULOT !
T'INQUIÈTE PAS, ON TE PROMET DE RÉUSSIR
...D'ACCORD...
J'AI COMPRIS...
TRAINE TRAINE

BON, MIKOTO N'AVAIT PAS CONFIANCE... MAIS NOUS ?
QU'EST CE QUE T'EN PENSES ?
JE SAIS PAS... S'IL EST VRAIMENT COMME NOUS, IL EST TROP MALIN POUR SE LAISSER AMADOUER SANS COMBATTRE...
MAIS IL FAUT BIEN QU'ON FASSE QUELQUE CHOSE !
OUAIS, EN TANT QU'EX-PRINCESSES !
EXACTEMENT ! EN TANT QU'EX-PRINCESSES !
TCHIP
TCHIP...
TOC TOC...
P-ROOM

MAIS NON... JE N'AI PAS SPÉCIALEMENT DE PROBLÈME AVEC IZUMI
À PREMIÈRE VUE, C'EST CE QU'ON POURRAIT PENSER...
MAIS TU PENSES BIEN QU'ON NE SERAIT PAS VENU TE VOIR EXPRÈS SI C'EST VRAIMENT CE QU'ON CROYAIT, NON ?
....
« COMMENT ON FAIT ? »
« D'ABORD, IL FAUT LE FORCER À NOUS OUVRIR LE FOND DE SON COEUR... ET POUR ÇA... »
« TU VEUX QU'ON FASSE UN TRUC COMME NAUSICAA, DU GENRE « TU VOIS, ON N'A PAS PEUR DE TOI ! » »
« HMM... OUI, QUELQUE CHOSE DANS CE GENRE, J'IMAGINE... »
CONTACT
VISUEL
« DANS CE CAS, ON POURRAIT PEUT-ÊTRE LUI RACONTER NOS VIES POUR QU'IL VOIT QU'ON LE COMPREND ? »
« EN Y METTANT TOUTE L'ÉMOTION POSSIBLE... »
« C'EST VRAI QU'ON S'Y CONNAIT AU MOINS AUSSI BIEN QUE MATSUOKA, EN MATIÈRE DE SITUATIONS FAMILIALES DIFFICILES »

MATSUOKA...
TU SAIS, ON EST AU COURANT POUR TA FAMILLE... ON A DÛ CONSULTER TON DOSSIER PENDANT LA SÉLECTION DES « PRINCESSES »...
ALORS ON COMPREND BIEN POURQUOI TU PEUX PAS SUPPORTER QUELQU'UN COMME IZUMI...
POUR NOUS AUSSI, LA VIE N'A PAS TOUJOURS ÉTÉ ROSE...
HEIN ?

REGARDE MOI, PAR EXEMPLE... J'AI TOUJOURS ÉTÉ ÉLEVÉ PAR MA MÈRE SEULE
ET QUAND ELLE S'EST REMARIÉE, J'EN AI PROFITÉ POUR VENIR M'INSTALLER ICI...
DEPUIS ELLE A EU UN ENFANT AVEC SON NOUVEAU MARI... ET MAINTENANT C'EST LUI LE CENTRE DE LEUR FOYER...
JE N'AI PAS VRAIMENT ÉTÉ REJETÉ... MAIS COMMENT EXPLIQUER...
PFFF...
JE N'AI PLUS MA PLACE, LÀ-BAS... SI TU VOIS CE QUE JE VEUX DIRE...
BON, C'EST À MON TOUR...
ENFIN MAINTENANT, IL S'ENTEND TELLEMENT BIEN AVEC SON PETIT FRÈRE, QUE LE GAMIN L'A DEMANDÉ EN MARIAGE...
ET MOI... JE SUIS COMME TOI, MATSUOKA. MOI AUSSI, J'AI PERDU MES PARENTS...
ET CONTRAIREMENT À TOI, J'ÉTAIS UN ENFANT UNIQUE...
MON ONCLE M'A ACCUEILLI DANS SA FAMILLE... IL A UNE FILLE, QUE J'AI RAPIDEMENT CONSIDÉRÉE COMME MA SOEUR...
MAIS... ELLE EST TOMBÉE FOLLE AMOUREUSE DE MOI, ET A COMMENCÉ À SE MONTRER VIOLENTE AVEC TOUTES LES FILLES QUI M'APPROCHAIENT...

PFFF...
C'EST POUR FUIR CE CAUCHEMAR QUE MOI AUSSI, JE SUIS VENU M'INSTALLER ICI...
ENFIN BON, MAINTENANT SA PETITE SOEUR, QUI PENSE QUE KÔNO ET MOI AVONS UNE RELATION HOMOSEXUELLE, A DÉCIDÉ DE NOUS SOUTENIR DANS NOTRE AMOUR PLUTÔT QUE DE LAISSER UNE AUTRE FILLE METTRE SES GRIFFES SUR LUI
AH BON... JE NE SAVAIS PAS...
JE SUIS VRAIMENT... DÉSOLÉ...
VOUS DEVEZ ÊTRE TRÈS EN COLÈRE POUR ME RACONTER TOUT ÇA...
ALLONS, CE N'EST RIEN ! ON A DÉCIDÉ DE TE RACONTER TOUT ÇA DE NOTRE PROPRE GRÉ !
MAIS OUI ! C'EST JUSTEMENT PARCE QU'ON COMPREND TA SITUATION QU'ON EST VENUS TE SOUTENIR !
BIEN JOUÉ ! COMME PRÉVU, IL EST MÛR POUR NOUS OUVRIR LES PORTES DE SON COEUR !!
HA HA HA
PRET POUR LE COUP DE GRACE ?
TU CROIS QUE ÇA SUFFIRA POUR VAINCRE SES DÉFENSES ?

CEUX QUI POSSÈDENT TOUT CE QUI A TOUJOURS MANQUÉ AUX GENS COMME NOUS...
C'EST NORMAL D'ENVIER EUX QUI ONT TOUT EU SANS JAMAIS AVOIR À LE DEMANDER...
CEUX QUI ONT DES PARENTS, UNE SUPERBE MAISON, ET QUI ONT TOUJOURS PU FAIRE CE QU'ILS VOULAIENT
LES GENS QUI ONT TOUT ÇA POUR EUX, QUI ONT UNE VIE PARFAITE, COMME IZUMI...
TU LES ENVIE TELLEMENT QUE TU EN AS LE COEUR SERRÉ... C'EST PAS CE QUE TU RESSENS ?
MATSUOKA ?
NOUS AUSSI, ON ÉTAIT COMME ÇA, AVANT
JE SAVAIS BIEN QU'IL ÉTAIT GENTIL, COMME GARÇON...
MAIS JE NE POUVAIS PAS M'EN EMPÊCHER, IL FALLAIT QUE JE LUI CHERCHE DES NOISES ET QUE JE L'ÉNERVE À CHAQUE OCCASION...
VOUS PARLEZ DE MOI ? JE SAIS BIEN QUE VOUS PARLEZ DE MOI !
« IL FALLAIT » ? POURQUOI TU PARLES AU PASSÉ ? TU CONTINUES À ME CHERCHER DES NOISES !!
AH LA LA... J'TE JURE ! QU'EST CE QU'ILS PEUVENT M'ÉNERVER, CES GOSSES DE RICHE POURRIS GÂTÉS !
ILS SONT OUJOURS EN TRAIN DE CE PLAINDRE QUE C'EST PAS ASSEZ BIEN POUR EUX...
YUJIRO ! YUJIRO ! C'EST BON ! SI TU CONTINUES, TU RISQUES DE PRODUIRE L'EFFET INVERSE DE CE QU'ON RECHERCHAIT

MAIS TU DOIS COMPRENDRE MATSUOKA
CE N'EST PAS DE SA FAUTE, SI IZUMI POSSÈDE TOUTES CES CHOSES...
TU AS TORT DE LE REJETER À CAUSE DE ÇA...
...C'EST VRAI...
JE PENSE QUE JE LE SAVAIS DEPUIS LE DÉPART
DÈS QUE J'AI APPRIS QUE LA FAMILLE D'IZUMI ÉTAIT TRÈS RICHE, J'AI RESSENTI UNE ENVIE IRRÉPRESSIBLE DE M'ÉLOIGNER DE LUI...
QUELQUE CHOSE EN LUI ME FAIT... PEUR...
OUI... C'EST SÛR
JE PENSE QUE JE NE VOULAIS PAS QU'IL COMPRENNE À QUEL POINT J'AVAIS PEUR D'ÊTRE AVEC LUI

C'EST POUR ÇA QUE J'AI ACCEPTÉ DE TRAVAILLER AVEC LUI COMME PRINCESSE
MAIS J'AI DÉCIDÉ DE TOUT FAIRE POUR QUE NOS RELATIONS SE LIMITENT À ÇA... ALORS QUAND IL EST CARRÉMENT VENU CHEZ MOI...
...DE MON CÔTÉ...
...J'AI TOUJOURS ÉTÉ TRÈS CONTENT DE LA VIE QUE J'AVAIS...
JE SAIS BIEN QU'ON DOIT TOUJOURS COMPTER NOS SOUS, ET QUE NOTRE APPARTEMENT EST TOUT PETIT
MAIS J'AI TOUJOURS PENSÉ QUE J'ÉTAIS TRÈS FIER DE LA VIE QU'ON MENAIT EN UNISSANT NOS FORCES, MON FRÈRE, MA SOEUR ET MOI
POURTANT... J'AI BIEN PEUR DE M'ÊTRE MENTI À MOI-MÊME PENDANT TOUT CE TEMPS
LE JOUR OÙ IZUMI EST VENU CHEZ MOI...
VU COMME IL EST RICHE, JE SUIS SÛR QU'IL DOIT HABITER DANS UNE BARRAQUE GÉANTE ! JE SUIS SÛR QU'IL TROUVE QUE NOTRE APPARTEMENT EST POURRI !!
VOILÀ CE QUE JE ME SUIS MIS À PENSER...
ALORS JE ME SUIS MIS À PRENDRE TOUT CE QU'IL DISAIT DE TRAVERS...
DU COUP, JE SUIS SORTI DE MES GONDS, ET DEPUIS JE LUI FAIS LA GUEULE...
J'AI EU UN FAIBLE POUR MATSUOKA DÈS LE PREMIER COUP D'OEIL !
J'AI PENSÉ QU'IL FALLAIT QUE JE ME RAPPROCHE DE LUI, AVANT QUE LES AUTRES AIENT LE TEMPS DE...
AAAAH...
C'EST VRAI QUE... IL A TOUT DE SUITE VOULU SE RAPPROCHER DE TOI TELLEMENT IL TE TROUVAIT SYMPATHIQUE...
MAIS OUI... IL A JUSTE AGI AVEC UN PEU TROP DE PRÉCIPITATION, ON DIRAIT...

DANS CETTE HISTOIRE, JE N'AI ÉTÉ QU'UN SALE ÉGOÏSTE
C'EST MOI QUI AI DÉCIDÉ QU'IZUMI EST UN SALAUD PARCE QU'IL EST « RICHE »...
JE LUI FAIS LA GUEULE ALORS QUE C'EST MOI QUI SUIS JALOUX...
AU FINAL, LE SALAUD DANS L'HISTOIRE, C'EST MOI...
ABRUTI ! TU VAS PAS TE METTE À DÉPRIMER, MAINTENANT ! T'ES LOIN D'ÊTRE UN SALAUD !
C'EST TRÈS HUMAIN, DE NE PAS POUVOIR S'EMPÊCHER DE FAIRE QUELQUE CHOSE, MÊME QUAND O N SAIT QU'ON A TORT DE LE FAIRE !
MAIS OUI ! LUI AUSSI A EU TORT DE N'EN FAIRE QU'À SA TÊTE, ET DE VENIR S'IMMISCER DANS TA VIE PRIVÉE SANS T'AVERTIR ! TOUT ÇA PARCE QU'IL A DÉCIDÉ QU'IL T'AIMAIT BIEN AU PREMIER COUP D'OEIL !
C'EST NORMAL D'ÊTRE AGACÉ FACE À UN MEC PAREIL ! C'EST TOI QUI A RAISON !
BAM
MOI JE DIS QUE T'AURAIS CARRÉMENT DÛ LE FRAPPER !
HA HA HA...
OULA...
ON VOULAIT JUSTE L'AMADOUER... MAIS IL A L'AIR SI TRISTE, J'AI PAS PU M'EMPECHER...
QUE VEUX-TU... C'EST NORMAL QUE CEUX QUI SOUFFRENT COMPATISSENT ENTRE EUX...
C'EST BIZARRE... J'AI L'IMPRESSION QU'ILS M'ONT DIT UN TRUC BIZARRE...
UNE HISTOIRE DE PREMIER COUP D'OEIL ?...
?

MATSUOKA... ON DIRAIT QUE TU FAIS UN COMPLEXE D'INFÉRIORITÉ PAR RAPPORT À IZUMI
TU PENSES QU'IL EST PLUS FORT, PARCE QU'IL A TOUT CE DONT TU AS TOUJOURS MANQUÉ
MAIS TOI, TU CONNAIS LA DOULEUR QUE REPRÉSENTE LA PERTE D'UN ÊTRE CHER...
TU NE CROIS PAS QUE ÇA FAIT DE TOI QUELQU'UN DE PLUS RICHE, DE PLUS EXPÉRIMENTÉ QUE LUI ?
IL FAUT QUE TU COMPRENNES QU'IZUMI EST ENCORE UN ENFANT
IL NE PENSE QU'À EXPRIMER CE QU'IL VEUT, SANS SAVOIR JUGER SI C'EST JUSTE OU PAS. IL MANQUE DE DISCERNEMENT ET D'EXPÉRIEUSE !
C'EST VRAI...
IL FAUDRAIT QUE TU JOUES LE RÔLE DE L'ADULTE, MATSUOKA
ET QUE TU NOUS AIDES À FAIRE GRANDIR UN PEU IZUMI. TU ES D'ACCORD ?

QUE JE...
AVEC IZUMI ?...
TOUT IRA BIEN ! JE SAIS QUE TU EN ES PARFAITEMENT CAPABLE !
MAIS OUI, TU ES BEAUCOUP PLUS FORT QUE TU CROIS, MATSUOKA !
...D'ACCORD...

BON... BEN DANS CE CAS, JE VAIS ALLER VOIR IZUMI DANS SA CHAM...
ATTENDS !
TCHAC...
UNE MINUTE !
J'IMAGINE QU'EN CE MOMENT, IZUMI DOIT ATTENDRE AVEC IMPATIENCE L'ISSUE DE NOTRE PETITE CONVERSATION
QU'EST CE QUE VOUS DIRIEZ SI ON LE LAISSAIT MIJOTER ENCORE UNE PETITE NUIT ?
UN PEU DE SADISME N'A JAMAIS FAIT DE MAL !
HMMM
C'EST VRAI QU'APRÈS TOUT, IL A QUAND MÊME BLESSÉ MATSUOKA, MÊME SI C'ÉTAIT INVOLONTAIRE. PEUT-ÊTRE QUE ÇA POURRAIT LUI SERVIR DE LEÇON
OUAIS
TROUVE AUSSI !
AH !
C'EST VRAI !
PUISQUE TU VAS DEVOIR FAIRE L'ÉDUCATION D'IZUMI, FAIS BIEN ATTENTION À TE MONTRER TRRRÈS RIGOUREUX, MATSUOKA ! PARCE QUE SINON, C'EST TON CORPS QUI EST EN DANGER, D'ACCORD !?
HEIN?
IL A PAS TORT, MAIS BON...

JE SUIS DÉSOLÉ DE T'AVOIR FAIT LA GUEULE PENDANT TOUT CE TEMPS...
IZUMI...

C'EST LA PREMIÈRE FOIS QUE J'AI TELLEMENT ENVIE DE BIEN M'ENTENDRE AVEC QUELQU'UN...
JE NE SAVAIS PAS VRAIMENT COMMENT JE POURRAIS ME RAPPROCHER DE TOI... DU COUP, J'AI JUSTE RÉUSSI À TE VÉXER...
JE SUIS VRAIMENT DÉSOLÉ...
OH NON ! TOUT EST DE MA FAUTE ! C'EST MOI QUI SUIS DÉSOLÉ !
FROUTCH
OUCH
SERRE
ON VIENT TOUT JUSTE DE FAIRE CONNAISSANCE, ET ON DOIT TRAVAILLER ENSEMBLE COMME PRINCESSES PENDANT TOUTE UNE ANNÉE
ALORS ON POURRAIT ESSAYER DE SE CONNAÎTRE EN PRENANT NOTRE TEMPS, CETTE FOIS ?...
...D'ACCORD !

DANG
TU... TU VIENS À L'ÉCOLE EN VOITURE, ALORS QUE TA MAISON EST À 5 MINUTES À PIED ?
EUH, OUI...
EN PLUS FAUT VOIR LA VOITURE DE LUXE...
C'EST PARCE QUE... EUH...

BAH, DE TOUTE FAÇON, LA VOITURE EST LÀ ! ÇA TE DIRAIT DE MONTER FAIRE UN TOUR AVEC MOI ?
PENSE QU'IZUMI EST ENCORE UN ENFANT...
PFFF...
D'ACCORD...
!
MERCI !

EUUUUH... BON, BEN ON VOULAIT VOUS DIRE QU'AUJOURD'HUI, VOS COSTUMES ÉTAIENT PRÊTS POUR LES ESSAYAGES..
ALORS IL FAUDRAIT QUE VOUS ALLIEZ EN SALLE DE TRAVAUX MÉNAGERS... HISTOIRE DE VOIR S'IL FAUT FAIRE DES RETOUCHES...
TRÈS BIEN !
C'EST COMPRIS...

TAP TAP...
ALLEZ, MATSUOKA, ON Y VA !
CLAP...
QU'EST CE QUE C'ÉTAIT QUE ÇA ? IL LUI TENAIT LE BRAS !?
EUH...
ALORS VOUS N'AVEZ PAS RÉUSSI À LES CONVAINCRE !?
C'EST POURTANT CE QUE VOUS M'AVIEZ DIT, HIER !
MAIS TU VOIS BIEN... ON A RÉUSSI À LES CONVAINCRE...
LA PREUVE : MATSUOKA N'A PLUS L'AIR D'ÉVITER IZUMI, NON ?
MAIS QUAND ON LES VOIT COMME ÇA, ON DIRAIT CARRÉMENT QU'ILS SE SONT MIS EN COUP...
STOP ! NE LE DIS SURTOUT PAS ! IL NE FAUT SURTOUT PAS DIRE ÇA, MÊME SI ÇA Y RESSEMBLE : ON RISQUE TROP DE BLESSER LA FIERTÉ DE MATSUOKA !!

C'EST SÛR QUE LÀ, Y A PLUS VRAIMENT À CRAINDRE QU'ILS NE S'ENTENDENT PAS BIEN...
MAIS VOUS CROYEZ PAS QU'ILS S'ENTENDENT TROP BIEN ?
VOUS NE CROYEZ PAS... QU'IZUMI RESSENT... ENFIN, VOUS VOYEZ ? QU'IL EST... AMOUREUX ?
COMMENT TU VEUX QU'ON LE SACHE, NOUS...
SI ÇA SE TROUVE, IL L'AIME BIEN ET C'EST TOUT... JE SUIS SÛR QUE MÊME LUI NE COMPREND PAS TROP SES SENTIMENTS...
MAINTENANT QU'ON EN PARLE... JE PENSE QU'IL VAUT MIEUX ÉVITER DE LUI POSER LA QUESTION, NON ?
HEIN ? ET POURQUOI ? VOUS CROYEZ QUE ÇA CRAINT, SI ON LUI DEMANDE ?
IL RISQUE DE COMPRENDRE QU'IL EST AMOUREUX JUSTE PARCE QU'ON LUI AURA POSÉ LA QUESTION ! COMMENT SAVOIR, AVEC UN TORDU DANS SON GENRE...
SI ON FAIT UNE BOURDE, L'HISTOIRE RISQUE DE FAIRE LA UNE DES JOURNAUX !
QUOI QU'IL EN SOIT, IL FAUT SURTOUT ÉVITER D'EMPIRER LA SITUATION ! IL EST DONC DÉCIDÉ QU'ON LAISSERA CE PROBLÈME DE CÔTÉ POUR L'INSTANT !
PARFAITEMENT ! POUR L'INSTANT, ON DOIT SURTOUT S'ASSURER QUE LA CÉRÉMONIE DE PRÉSENTATION DES PRINCESSES SE DÉROULE SANS ENCOMBRE !
MAIS C'EST BIZARRE ON LUI A DIT DE LE CONSIDÉRER COMME UN GAMIN
ÇA VOULAIT POURTANT PAS DIRE DE LE TRAITER COMME UN PETIT AMI
HEIN ? MAIS QU'EST CE QUE VOUS RACONTEZ, ENCORE ?

AVRIL
4日
AVRIL
5日
AVRIL
6日

L'HEURE EST VENUE D'ASSISTER À LA PARADE DE PRÉSENTATION DE NOS « PRINCESSES » !
JE VOUS DEMANDE DE LEUR RÉSERVER UN ACCUEIL DES PLUS CHALEUREUX, ET DE LES SOUTENIR TOUT AU LONG DE L'ANNÉE... VOICI MAINTENANT... NOS PRINCESSES !!!
WOUOOOOOOO
FLASH

WAAAAA
WAAAAA
LES PRINCESSSES…
W AAA
BON COURAAAGE !!
ELLES SONT TROP BELLES !!!
FÉLICITATIONS !!
WAAAAA

VESTIAIRE
PFFF...
ET VOILÀ, LA CÉRÉMONIE DE PRÉSENTATION EST DÉJÀ FINIE...
EUH, OUI... MAIS NOTRE TRAVAIL EN TANT QUE « PRINCESSE » NE FAIT QUE COMMENCER ! IL NOUS RESTE BEAUCOUP DE TRAVAIL...

BIENTÔT...
LES COURS VONT COMMENCER... ET J'IMAGINE QUE TU VAS TE FAIRE TRÈS VITE TOUT PLEIN D'AMIS, MATSUOKA...
MAIS EUH... TU ES D'ACCORD POUR QUE JE RESTE TON MEILLEUR AMI ?

NON ?
BEN J'IMAGINE QUE ÇA DÉPENDRA DE TOI, MAINTENANT...
D'ACCORD ! JE FERAI DE MON MIEUX !!
BON, ON DIRAIT BIEN QUE CE N'ÉTAIT PAS DE L'AMOUR, FINALEMENT
ET NON... TANT MIEUX, TANT MIEUX ! JE SUIS SOULAGÉ !
Z'ALLEZ ARRETER DE MATER, TOUS LES DEUX ?...

WAAA
SUPEEERBES...
NOUS SOUHAITONS À TOUS LES MEMBRES DE L'ÉQUIPE DE BASE-BALL...
WAOUH!
HOOO...
NOUS SOUHAITONS À TOUS LES MEMBRES DE L'ÉQUIPE DE FOOT...
OOOH...
NOUS SOUHAITONS À TOUS LES MEMBRES DU CLUB D'ATHLÉTISME...
BEACOUP DE RÉUSSITE AUX COMPÉTITIONS DÉPARTEMENTALES...

ALORS COURAGE POUR L'ENTRAÎNEMENT !
YO HÔOO!
ON VA ENCHAINER LES COUPS DE CIRCUIT !
OUAAAIS!
YEEEAAH!
ON VA S'ENTRAINER POUR LES SHOOTS !
OOOH...!!
COMPTEZ SUR NOUS !
ON VA BOMBER SUR LE 100M...
OUAIS ON VA DONNER TOUT CE QU'ON A !!!

BIEN BIEN
ON DIRAIT QU'AU FINAL, ILS S'EN SORTENT TRÈS BIEN DANS LEUR BOULOT DE PRINCESSE, TOUS LES DEUX
OUI, ILS ONT MÊME RÉUSSI À PRENDRE LE COUP POUR LA VOIX
C'EST VRAI QU'ON LES A PAS MAL FAIT RÉPÉTER L'INTONATION
VOUS DEVEZ POUVOIR PARLER FORT AVEC VOTRE VOIX DE FAUSSET !
LA PLUS MIGNONNE POSSIBLE !
BON COURAGE À TOUS !
BON COURAGE À TOUS !
BON COURAGE À TOUS !
VOIX DE FAUSSET
ILS ONT L'AIR DE BIEN S'ENTENDRE, MAINTENANT
PLUS DE PROBLÈME... À PREMIÈRE VUE
VOUS PENSEZ PAS QU'IL VAUDRAIT MIEUX CONTINUER DE LES SURVEILLER UN PEU, JUSTE POUR ÊTRE SÛRS ?

POM
TOURNE
HEIN ?
HELLO !
GYAA
C'EST ARISADA !
AVEC SA NOUVELLE BANDE D'ACOLYTES !
ALLONS, QU'EST CE QUE ÇA VEUT DIRE, CE « GYAA » ?
HMM...
ON DIRAIT QUE VOUS VENEZ D'APERCEVOIR UN MONSTRE ! C'EST PAS TRÈS GENTIL, VOUS NE TROUVEZ PAS ?
DE NOTRE POINT DE VUE...
C'EST EXACTEMENT...
L'IMPRESSION QUE TU NOUS AS FAITE...

ALORS IL PARAÎT QUE CETTE GRANDE PRINCESSE, LÀ-BAS, EST L'UNIQUE HÉRITIER DE LA SOCIÉTÉ DE CRÉDIT À LA CONSOMMATION IZUMI ?
C'EST UN BEAU SPÉCIMEN QUE VOUS AVEZ ATTRAPÉ LÀ ! J'AI VRAIMENT TRÈS ENVIE DE MIEUX LE CONNAÎTRE !
C'EST QUOI, DÉJÀ, UN CRÉDIT À LA CONSOMMATION ?
JE PENSAIS QU'IL SERAIT TRÈS OCCUPÉ JUSQU'À LA FIN DE LA CÉRÉMONIE DE PRÉSENTATION, ALORS J'AI DÉCIDÉ DE RESTER EN RETRAIT
JE SAIS BIEN À QUEL POINT LES PRINCESSES SONT OCCUPÉES À CETTE PÉRIODE DE L'ANNÉE, POUR L'AVOIR VÉCU MOI-MÊME
MAIS MAINTENANT QUE TOUTE AGITATION EST DERRIÈRE NOUS, JE ME SUIS DIT QU'IL ÉTAIT PEUT-ÊTRE TEMPS DE NOUS PRÉSENTER
VOUS ALLEZ ME LE PRÉSENTER ?
SOURIRE
IL AURAIT PU DIRE « JE VOUDRAIS QUE VOUS ME LE PRÉSENTIEZ », OU « VOUS VOULEZ BIEN ME LE PRÉSENTER », MAIS NON...
C'EST PAS UNE REQUETE, C'EST CARRÉMENT UN ORDRE...
IL EST AU COURANT QU'IL EST PLUS PRÉSIDENT ?...

DT : TERME JAPONAIS. GIAN (PRONONCER « DJAÏANN ») EST LE SURNOM DE
KESHI GÔDA, UN DES PERSONNAGES DU CÉLÈBRE MANGA DORAEMON, RÉPUTÉ

JE SUIS DÉSOLÉ ! MAIS ON NE VOUS LIVRERA PAS UN DE NOS PROTÉGÉS EN PATURE !
GNN
OUAIS OUAIS
MAIS SI VOUS AVEZ TELLEMENT BESOIN DE PISTON POUR L'AVENIR, POURQUOI VOUS NE VOUS TOURNEZ PAS VERS MITAKA ?
IL EST CARRÉMENT L'HÉRITIER DE MITAKA CORPORATION, UNE ÉNORME MULTINATIONALE !
VOUS DEVRIEZ POUVOIR LE MANIPULER, NON ?
VOUS PRÉFÉREZ VENDRE MITAKA !?
ET PUIS POUR LUI, VOUS SAVEZ TRÈS BIEN QU'AKIRA SAKAMOTO CONSTITUE UN POINT FAIBLE FACILE À EXPLOITER
C'EST POURTANT L'ÉVIDENCE MÊME
MAIS OUI ! JE PEUX DEMANDER À SAKAMOTO-SAMA DE ME PRÉSENTER IZUMI !
TCHI TCHI
QUELLE NAÏVETÉ !
TCH
DANS UN CARNET D'ADRESSES, IL VAUT MIEUX AVOIR TOUJOURS PLUS DE CONTACTS !
UN DÉMON...
C'EST UN DÉMON...

ET VOUS, LES NOUVEAUX ACOLYTES ! ÇA NE VOUS DÉRANGE PAS D'ASSISTER UN TYPE COMME LUI !?
J'ADORE ÇA !
JE SUIS TELLEMENT HEUREUX D'AVOIR PU M'ÉLEVER AU-DESSUS DE LA FOULE DES CRASSEUX GRÂCE AU PRÉSIDENT... DU COUP, JE ME DÉLECTE DE TOUS LES INSTANTS QUE JE PASSE À SES CÔTÉS !
JE SUIS HEUREUX. DES CIRCONSTANCES INDÉPENDANTES DE MA VOLONTÉ M'ONT OBLIGÉ À M'ÉLOIGNER DE LUI POUR UN MOMENT, MAIS MAINTENANT QUE JE L'AI RETROUVÉ, JE SUIS AU PARADIS
EN FIN DE COMPTE... UNE COUR DE FLATTEURS RESTE UNE COUR DE FLATTEURS...
ENCORE DES FAN-BOYS...
ILS SONT COMME LES ANCIENS...
LE MAL SE RÉPAND...
D'AILLEURS, LUI ÉTAIT « PRINCESSE » EN MÊME TEMPS QUE MOI
ENCHANTÉ
IL EST PARTI ÉTUDIER À L'ÉTRANGER, ET IL EST REVENU CETTE ANNÉE
HEIN?
HEIIIIIN !?
LE FAMEUX !?
QUAND EST-CE QUE TU AS GRANDI ?
COMMENT T'AS FAIT POUR GRANDIR ?
TU DÉTESTAIS TE FRINGUER EN FILLE, AVOUE !?

CLIC...
TIENS, MATSUOKA
MERCI !
ALORS POUR UN JUS DE FRUIT, JE TE DOIS...
VOYONS... MON PORTE-MONNAIE...
FROUT
FROUT
ATTENDS, C'EST BON !
JE PEUX BIEN T'OFFRIR UN JUS DE FRUIT, QUAND MÊME !
TU ES SÛR...?
ALLEZ, JE T'AI DIT DE NE PAS T'EN FAIRE !
BON... LA PROCHAINE FOIS, C'EST MOI QUI RÉGALE !
AUJOURD'HUI TU INVITES
ET SI ON TRINQUAIT, PLUTÔT !?
TRINQUER ? ET POURQUOI...?

PARCE QU'AUJOURD'HUI, ON A MENÉ À BIEN NOTRE PREMIÈRE VRAIE MISSION DE PRINCESSE !
C'EST UN PEU CHEAP DE TRINQUER AVEC UN JUS DE FRUIT DU DISTRIBUTEUR, MAIS BON
LAIT FRAISE
...C'EST VRAI...
LAIT BANANE
MAIS OUI ! ON A ASSURÉ !
ALLEZ, TCHIN !
ON A DÛ FAIRE UN SACRÉ NOMBRE DE KILOMÈTRES, AUJOURD'HUI...
JE CROIS QU'AUJOURD'HUI, J'AI COMPRIS QUE FAIRE LA PRINCESSE, C'EST PAS UN BOULOT DE TOUT REPOS...
SI T'ES FATIGUÉ, ON A QU'À RENTRER À L'INTERNAT, JE TE FERAI UN MASSAGE !
ÇA ME FERAIT PLAISIR, TU SAIS !
EUH, NON, C'EST BON... C'EST PAS À CE POINT LÀ !
C'EST BON, J'TE DIS...

BROU HA HA
MATSUOKA !
IZUMI...
1-D
1-A
T'AS PAS BESOIN DE VENIR ME RETROUVER À CHAQUE PAUSE... ON EST PAS DANS LA MÊME CLASSE...
ET PAS DANS LE MÊME BÂTIMENT...
MAIS C'EST PAS VRAI !
JE ME DIS QUE SI JE VIENS PAS, D'AUTRES GARÇONS VONT SE RAPPROCHER DE TOI...
PFFF... POURQUOI ON N'EST PAS DANS LA MÊME CLASSE, MATSUOKA ?... ÇA AURAIT TELLEMENT FACILITÉ LES CHOSES...
HAAAA...

BON ! JE REVIENDRAI TE VOIR POUR LA PAUSE DE MIDI, ALORS ÉVITE DE DONNER RENDEZ-VOUS À D'AUTRES GENS !
S'IL TE PLAÎT !
AH, EUH... D'ACCORD...
BLA... BLA BLA

VA RÉSERVER NOS PLACES, MATSUOKA !
MOI JE M'OCCUPE D'ALLER CHERCHER NOS PLATEAUX !
AH...
POUM...
AH OUI, IL FAUT ALLER CHERCHER L'EAU...
MAIS...
SI JE ME LÈVE, JE RISQUE DE ME FAIRE PIQUER LA PLACE...
ET VOILÀ !
TCHAC
TU M'ATTENDS, JE VAIS CHERCHER L'EAU !
SWIP
AH...
JE VAIS...

BON, MANGEONS !
CLING...
ATTENDS !
JE VOUDRAIS PAYER MA PART TOUT DE SUITE, AVANT D'OUBLIER
SI J'ATTENDS APRÈS MANGER, JE RISQUE D'OUBLIER
CLONG
CLONG
NE T'EN FAIS PAS, VOYONS ! J'AI MÊME PAS DÉPENSÉ D'ARGENT !
J'AI UTILISÉ UN DES TICKETS-REPAS QU'ON REÇOIT EN TANT QUE PRINCESSES
JE TE DIS DE PAS T'EN FAIRE
AAAH...
ALORS DANS CE CAS, JE VAIS TE RENDRE UN DE MES TICKETS-REPAS...
AAAH...
MAIS JE TE DIS QUE C'EST BON, VOYONS !
T'AURAS QU'À EN DONNER UN POUR MOI QUAND ÇA SERA TON TOUR D'ALLER CHERCHER LES PLATEAUX !
EUH... T'ES SÛR ?
MAIS OUI !
BON, ON MANGE ?
OK...

AH ! J'OUBLIAIS !
TU VOULAIS T'ACHETER LE NOUVEAU DISQUE DES « SHITO-REMO » ?
JE PENSAIS ME LE COMMANDER, ALORS QUAND JE L'AURAI REÇU, JE TE L'OFFRIRAI !
HEIN...
AUJOURD'HUI, NOTRE TRAVAIL DE PRINCESSE CONSISTERA SURTOUT À ALLER SOUTENIR LES ACTIVITÉS CULTURELLES, C'EST ÇA ? J'ESPÈRE QUE CE SERA MOINS FATIGANT QU'HIER...

JE NE ME SUIS JAMAIS PLAINT DE MA CONDITION SOCIALE
MAIS... QUAND JE SUIS AVEC LUI, JE N'ARRIVE PAS À IMAGINER QU'ON EST ÉGAUX...

J'AI L'IMPRESSION QUE PLUS J'ESSAYE DE M'APPROCHER DE LUI, PLUS IL S'ÉLOIGNE...
MOI QUI VOUDRAIS TELLEMENT ME RAPPROCHER ENCORE DE TOI...

ET VOILÀ ! CADEAU !
HEIN...
TU M'AVAIS DIT QUE T'EN AVAIS PAS, J'ME TROMPE ?
ALORS JE T'EN AI ACHETÉ UN !
ROUGIT
ROUGIT
C'EST LE MÊME MODÈLE QUE LE MIEN, MAIS C'EST PAS LA MÊME COULEUR
C'EST LA TOUTE DERNIÈRE VERSION, IL A MÊME UNE FONCTION GPS INTÉGRÉE !

EN PLUS, IL...
ATTENDS UN PEU !
JE NE PEUX PAS ACCEPTER UN CADEAU AUSSI CHER QUE CE TÉLÉPHONE PORTABLE !
HEIN...
HAAA...
IZUMI... IL FAUT ARRÊ-TER DE CROIRE QUE TU DOIS ME COUVRIR DE CADEAUX...
TU ME PAYES DES JUS DE FRUITS, DES REPAS À LA CANTINE, TU M'ACHÈTES DES CD ET DES LIVRES...
AVEC TOUT ÇA, J'AI L'IMPRESSION...

QUE TU CHERCHES À M'EMPRISONNER...
C'EST COMME SI... MES DETTES ENVERS TOI N'ARRÊTAIENT PAS DE GONFLER...
MAIS C'EST PAS CE QUE JE VOU...
JE SAIS...
J'AI BIEN COMPRIS QUE TU VOULAIS JUSTE ME FAIRE PLAISIR EN M'OFFRANT TOUS CES CADEAUX
ET MOI J'AI EU DU MAL À TE DEMANDER D'ARRÊTER...
TANT QUE C'ÉTAIENT DES REPAS OU DES BOUQUINS, DES TRUCS PAS TROP CHERS, ÇA PASSAIT ENCORE
MAIS
JE NE PEUX VRAIMENT PAS ACCEPTER QUELQUE CHOSE D'AUSSI CHER QUE CE PORTABLE !
MATSUOKA...

EXCUSE MOI...
J'ÉTAIS VRAIMENT TRÈS HEUREUX DE POUVOIR T'OFFRIR TOUTES CHES CHOSES...
C'EST LA SEULE MANIÈRE QUE JE CONNAIS POUR RENDRE LES GENS HEUREUX...
JE NE POUVAIS PAS IMAGINER QUE TU RESSENTAIS ÇA COMME UN POIDS...
JE SUIS VRAIMENT DÉSOLÉ...
C'EST RIEN... MOI AUSSI...
JE NE ME SUIS PAS MONTRÉ VRAIMENT DIGNE DE TON AFFECTION...
FAUT CROIRE QUE MON COEUR EST TROP PETIT...
SNIF
SNIF
NON NON...
JE SUIS UN PEU TRISTE QUE TU AIES REFUSÉ
MAIS QUELQUE PART, ÇA ME REND HEUREUX...
TOUS LES AMIS QUE J'AI EU JUSQU'À AUJOURD'HUI NE ME RENDAIENT JAMAIS L'AFFECTION QUE JE LEUR PORTAIS...
POUR EUX, C'ÉTAIT TOUJOURS NORMAL QUE JE PAYE TOUT, PUISQUE J'AVAIS DE L'ARGENT...
S'IL TE PLAÎT ! C'EST TOI QUI PAYE LA FACTURE, IZUMI ?
J'AI PLUS UN ROND, CE MOIS-CI, ALORS TU PEUX ME LE PAYER, IZUMI ? C'EST SYMPA !
OK ?

C'EST PARCE QUE TU M'AIMES BIEN QUE TU AS REFUSÉ, N'EST-CE PAS ?
ALORS JE SUIS HEUREUX
IZUMI...
...MAIS...
QU'EST CE QU'ON VA FAIRE DE ÇA...
SI TU NE L'UTILISES PAS, J'AI PLUS QU'À LE JETER À LA POUBELLE...
LE JETER ALORS QU'IL N'A PAS SERVI !? LE JETER... LE JETER... LE JETER...
...J'LE UPPORTERAI PAS

BON, ENTENDU
J'ACCEPTE TON CADEAU...
JE SUPPORTERAI PAS DE TE VOIR LE JETER TOUT NEUF...
HEIN ! VRAIMENT !?
PAR CONTRE ! TU N'AS PLUS INTÉRÊT À ME FAIRE UN CADEAU AUSSI CHER !
D'ACCORD, REÇU 5 SUR 5 !!

OOOOOOH!
ON VA FAIRE DE NOTRE MIEUX !
LES PRINCESSES...
WAAAAAA...
MERCI POUR VOS ENCOURAGEMENTS...
ON VA TOUT
NNER !!
D'ACCORD !
PRIIINCESSES...
HAAAAAA
OOOOOOH!
LES
NCESSES...

Salle de travaux ménagers
ON AURA BEAU DIRE, UNE FOIS QU'ON A FAIT LE TOUR DE TOUS LES CLUBS, JE SUIS COMPLÈTEMENT ÉPUISÉ...
PFFFF...
C'EST VRAI...
JE ME DEMANDE SI C'ÉTAIT AUSSI DUR, POUR NOS PRÉDECESSEURS...
OUI, NOUS AUSSI NOUS AVONS PARCOURU CE LONG ET PÉNIBLE CHEMIN...
OUI
OUI
AH, IZUMI !
AUJOURD'HUI, JE VAIS RENTRER PLUS TÔT, PARCE QUE JE RENTRE CHEZ MOI
HEIN ? TU RENTRES CHEZ TOI ? IL EST ARRIVÉ QUELQUE CHOSE ?
NON NON
AUJOURD'HUI,C'EST L'ANNIVERSAIRE DE MA PETITE SOEUR, ALORS ON FAIT UNE FÊTE
C'EST DONC ÇA...

BON, J'Y VAIS !
TCHAC
AH... D'ACCORD
AU REVOIR !
....

JOYEUX ANNIVERSAIRE
JOYEUX ANNIVERSAIRE
JOYEUX ANNIVERSAIRE, KAEDE... JOYEUX
ANNIVERSAIRE
PFFF
BRAVO, KAEDE !
CLAP CLAP CLAP
MERCI, GRAND FRÈRE, ET KIRI-CHAN !
TIENS, VOILÀ MON CADEAU
ET LE MIEN
WAAAA ♡
MERCIIII ! JE PEUX LES OUVRIR ?

SCRATCH SCRATCH
UN PYJAMA ET UN NOUNOURS...
LE PYJAMA, C'EST MOI...
ET LE NOUNOURS, C'EST MOI...
HÉÉÉ, LES GRANDS FRÈRES !! VOUS SAVEZ QUE J'AI EU 10 ANS, AUJOURD'HUI !?
VOUS AURIEZ PAS PU TROUVER DES CADEAUX DE MON ÂGE !?
COMME UN SAC À LA MODE, OU DU MAQUILLAGE POUR LES ENFANTS...
HUM
HUM
EXCUSE-NOUS ! J'AVAIS AUCUNE IDÉE DE CE QUI PEUT PLAIRE À UNE FILLE DE TON ÂGE, KAEDE...
JE SUIS PLUS À L'AISE POUR LES CADEAUX AVEC LES FEMMES PLUS MÛRES
MOI NON PLUS... J'AI BEAUCOUP CHERCHÉ CE QUE JE POUVAIS T'OFFRIR... MAIS JE SUIS DÉSOLÉ QUE ÇA NE
......
HUMPH

ALLONS, JE BLAGUAIS !
VOS CADEAUX ME FONT VRAIMENT SUPER PLAISIR !
BLBLBL
ET PUIS, POUR DIRE LES CHOSES COMME ELLES SONT, NOTRE FAMILLE EST FAUCHÉE, NON ?
MEME SI TU TRAVAILLES POUR RAMENER DE L'ARGENT, MAKITO
ET POURTANT, VOUS M'AVEZ PRÉPARÉ UN SUPER REPAS D'ANNIVERSAIRE
BEN OUI...
TOI, MAKITO, TU AS ESSAYÉ DE TROUVER UN CADEAU QUI POURRAIT ME PLAÎRE, ALORS QU'AVEC TON TRAVAIL, TU N'AS JAMAIS UNE MINUTE À TOI
ET TOI, KIRI-CHAN, TU M'AS ACHETÉ UN CADEAU ALORS QUE TU AS TRÈS PEU D'ARGENT DE POCHE POUR UN LYCÉEN...
TOUS CES EFFORTS QUE VOUS FAITES POUR MOI, LES GRANDS FRÈRES, C'EST ÇA QUI ME REND LA PLUS HEUREUSE !
COMMENT VOULEZ-VOUS QUE JE NE SOIS PAS CONTENTE QUAND JE SAIS TOUT ÇA !
KAEDE...

BON, FIN DE LA SÉQUENCE ÉMOTION !
IL VA BIEN FALLOIR LE MANGER, CE MAGNIFIQUE REPAS D'ANNIVERSAIRE !
OUI... C'EST VRAI, TU AS RAISON !
BON, ON SE PARTAGE LES PLATS ?
DING DONG
TIENS ? ON DIRAIT QU'IL Y A QUELQU'UN...
J'AI ENTENDU LA SONNETTE...
C'EST PEUT-ÊTRE UNE LIVRAISON, OU LES FACTURES POUR LES JOURNAUX ?
ATTENDEZ, JE M'EN OCCUPE
J'ARRIVE...
TAP TAP TAP
TCHAC

BONSOIR !
IZUMI...
MOI AUSSI, JE VOULAIS SOUHAITER BON ANNIVERSAIRE À TA SOEUR
JE PEUX RENTRER ?
EUH, BIEN SÛR...

HEIIIN ? IZUMI ? T'ES VENU POUR MON ANNIVERSAIRE !?
ET OUI ! FÉLICITATIONS, KAEDE-CHAN !
TIENS, VOICI DES FLEURS, ET UN CADEAU
WAAAAAA, MERCI BEAUCOUUUP !
QU'EST CE QUE C'EST COMME CADEAU ?
SCRATCH
SCRATCH
AH !
WAAAAAA
C'EST UN SAC ANGEL LOVE !! C'EST GÉNIAAAAL !!
C'EST SUPER CHER !
JE SUIS SUPER CONTENTE ! MERCI BEAUCOUP, IZUMI !!
SI ÇA TE FAIT PLAISIR, ALORS MOI AUSSI JE SUIS HEUREUX

...KAEDE...
ELLE A L'AIR TELLEMENT HEUREUSE...
UN MAGNIFIQUE BOUQUET DE FLEURS...
...
ET UN CADEAU TRÈS CHER...
RIEN À VOIR AVEC NOS CADEAUX MITEUX...
TOUT À L'HEURE, ELLE A DIT QUE LES CADEAUX QU'ON LUI A OFFERT LUI AVAIENT FAIT PLAISIR...
MAIS EN RÉALITÉ...
EST CE QU'ELLE NE VOULAIT PAS PLUTÔT DES CADEAUX HAUTS DE GAMME, COMME CEUX D'IZUMI ?... KAEDE...
CLING...

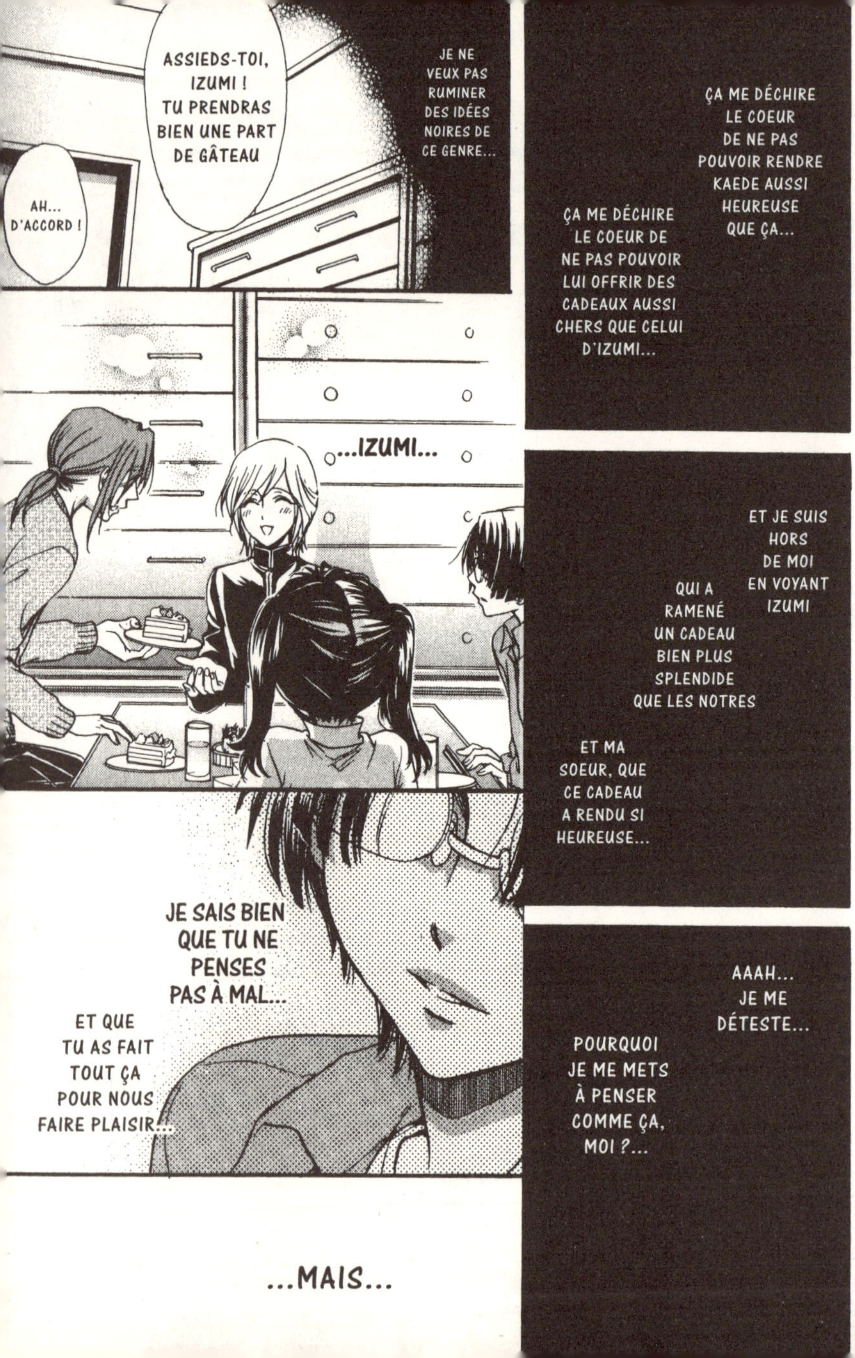
ÇA ME DÉCHIRE LE COEUR DE NE PAS POUVOIR RENDRE KAEDE AUSSI HEUREUSE QUE ÇA...
ÇA ME DÉCHIRE LE COEUR DE NE PAS POUVOIR LUI OFFRIR DES CADEAUX AUSSI CHERS QUE CELUI D'IZUMI...
JE NE VEUX PAS RUMINER DES IDÉES NOIRES DE CE GENRE...
ASSIEDS-TOI, IZUMI ! TU PRENDRAS BIEN UNE PART DE GÂTEAU
AH... D'ACCORD !
ET JE SUIS HORS DE MOI EN VOYANT IZUMI
QUI A RAMENÉ UN CADEAU BIEN PLUS SPLENDIDE QUE LES NOTRES
ET MA SOEUR, QUE CE CADEAU A RENDU SI HEUREUSE...
...IZUMI...
AAAH... JE ME DÉTESTE...
POURQUOI JE ME METS À PENSER COMME ÇA, MOI ?...
JE SAIS BIEN QUE TU NE PENSES PAS À MAL...
ET QUE TU AS FAIT TOUT ÇA POUR NOUS FAIRE PLAISIR...
...MAIS...

CE QUE TU AS FAIT CE SOIR...
A DÉTRUIT QUELQUE CHOSE EN MOI...

OH, IZUMI !
JE SUIS SUPER CONTENTE QUE TU SOIS VENU AUJOURD'HUI !
C'EST MOI QUI SUIS HEUREUX D'AVOIR PU PARTAGER CE MOMENT AVEC VOUS
REVIENS QUAND TU VEUX !
IZUMI
JE TE RACCOMPAGNE EN BAS
TCHAC...
HEIN, VRAIMENT ?
WAOUUH, MERCI !

LE VOITURE QUI DOIT VENIR ME CHERCHER N'EST PAS ENCORE ARRIVÉE
...IZUMI...
JE...
JE NE PEUX VRAIMENT PLUS CONTINUER AVEC TOI...
HEIN...

EST-CE QUE... J'AI ENCORE FAIT QUELQUE CHOSE QUI T'A ÉNERVÉ !?...
EXCUSE MOI... JE...
TOI ET MOI...
NOUS VENONS DE DEUX MONDE TROP DIFFÉRENTS...
BEAUCOUP TROP DIFFÉRENTS
VOILÀ QUE JE ME METS À PENSER COMME UN LÂCHE...
QUAND JE SUIS AVEC TOI
J'AI L'IMPRESSION D'ÊTRE ENVAHI PAR TOUTES SORTES DE MAUVAISES PENSÉES...
ET JE... J'AIME PAS ÇA...
MATSUOKA...
ALORS...
JE VOUDRAIS QUE TU ARRÊTES DE T'IMMISCER DE FORCE DANS MA VIE PRIVÉE...

SWHIT...
...BON...
BEN ON SE VOIT DEMAIN, À L'ÉCOLE...

...JE SAIS BIEN... QUE JE ME PASSE LES NERFS SUR LUI...
JE SUIS JUSTE JALOUX DE LUI, PARCE QU'IL PEUT AVOIR TOUT CE DONT IL A ENVIE...
ET JE NE VEUX PLUS RESSENTIR CE GENRE DE SENTIMENT POURRI
ALORS J'ESSAYE JUSTE D'ÉLOIGNER IZUMI POUR ME PROTÉGER...
CRRRRI!!!!!...
TCHAC
VLAM
...HMPF...
POUM
...OUI MAIS...
QU'EST CE QUI SE PASSE ?
TOUT CE BRUIT...

HEIN!?
ALLEZ, MONTE !
ET T'AS INTÉRÊT À TE GROUILLER !
HMMMMPF!
IZUMI !?
HA...

QU'EST CE QUE VOUS COMPTEZ FAIRE À IZUMI !!
DASH...
HÉ, ÇA CRAINT, ON EST REPÉRÉS PAR UN AUTRE GAMIN !
ABRUTI ! C'EST POUR ÇA QUE JE T'AVAIS DIT DE FAIRE VITE !!
CROC...
HAN
T'APPROCHE PAS ! RENTRE CHEZ TOI !!
HEIN!?
MAIS...
CHOC...

NE T'INQUIÈTE PAS POUR MOI...
HAN
PETIT CONNARD !
IZUMI !!
IZUMI !
HÉ HO ! MAINTENANT QU'IL NOUS A VUS, IL FAUT QU'ON L'EMMÈNE AVEC NOUS !!
TCHAC
MERDE
PAS LE CHOIX...
SLHINNG...
DADAM
HÉ, TOI, LÀ-BAS ! MONTE DANS LA BAGNOLE, SI TU VEUX PAS QUE J'FASSE UN DEUXIÈME SOURIRE À TON P'TIT COPAIN !
ET MAGNE-TOI !

DOUTE...
HMMMMMMPF !!
VA-T-EN !
N'APPROCHE PAS !!
SWISH...
CLAP...
VRRRRRRR...

BON, JE VOUS CONSEILLE DE VOUS TENIR À CARREAU, LES MIOCHES ! SI VOUS FAITES QUOI QUE CE SOIT DE CHELOU, J'VOUS PLANTE, C'EST CLAIR !?
SWIIP...
CLIC

POUM
JE SUIS VRAIMENT DÉSOLÉ... MATSUOKA... JE NE VOULAIS PAS T'IMPLIQUER DANS CETTE AFFAIRE...
...C'EST UN ENLÈVEMENT, C'EST ÇA ?...
OUI...
COMME MON PÈRE DIRIGE UNE ENTREPRISE CONNUE, ÇA DONNE SOUVENT DES IDÉES À TOUTES SORTES D'INDIVIDUS MAL INTENTIONNÉS...
JE...
JE ME SUIS SOUVENT RETROUVÉ DANS CE GENRE DE SITUATION...
AH...
C'EST POUR ÇA QUE JE NE PEUX PAS ME RENDRE À L'ÉCOLE OU RESTER À L'INTERNAT SANS UN DISPOSITIF DE SÉCURITÉ SPÉCIAL...
TOUT ÇA NE SERAIT PAS ARRIVÉ SI J'AVAIS ÉTÉ UN PEU PLUS VIGILANT...
...C'EST DONC ÇA...

IL COURAIT VRAIMENT UN DANGER...
ALORS TOUS LES TRAVAUX POUR SA SÉCURITÉ À L'INTERNAT, ET LE FAIT QU'IL VIENNE EN VOITURE AU LYCÉE, C'ÉTAIT PAS POUR LA FLAMBE MAIS POUR SA SÉCURITÉ
JE...
JE M'ÉTAIS TROMPÉ SUR TON COMPTE, IZUMI...
JE NE SAVAIS PAS À QUOI RESSEMBLAIT TA VIE...
JE SAVAIS QU'UN TEL INCIDENT RISQUAIT D'ARRIVER
SWIP...
JE SAVAIS QU'IL FALLAIT FAIRE ATTENTION À NE PAS TROP ME RAPPROCHER DE TOI
EN PLUS
...POUR NE PAS RISQUER TA VIE
MAIS JE VOULAIS TELLEMENT DEVENIR TON AMI...
QUE JE N'AI PAS PU M'EN EMPÊCHER...

ALORS QUE JE SAVAIS QU'UN LUXE TEL QUE TON AMITIÉ N'ÉTAIT PAS POUR QUELQU'UN COMME MOI...
MAIS NON...
HÉ HO ! VOUS ALLEZ FERMER VOS GUEULES, DERRIÈRE, OÙ JE VAIS DEVOIR COGNER !
......

BUM
BUM
BORDEL
J'TE JURE...
...MAIS
JE VAIS TOUT FAIRE POUR TE TIRER DE LÀ...
MATSUOKA...
JE SUIS VRAIMENT DÉSOLÉ QUE TU TE SOIS RETROUVÉ IMPLIQUÉ LÀ-DEDANS...
BOM BOM...

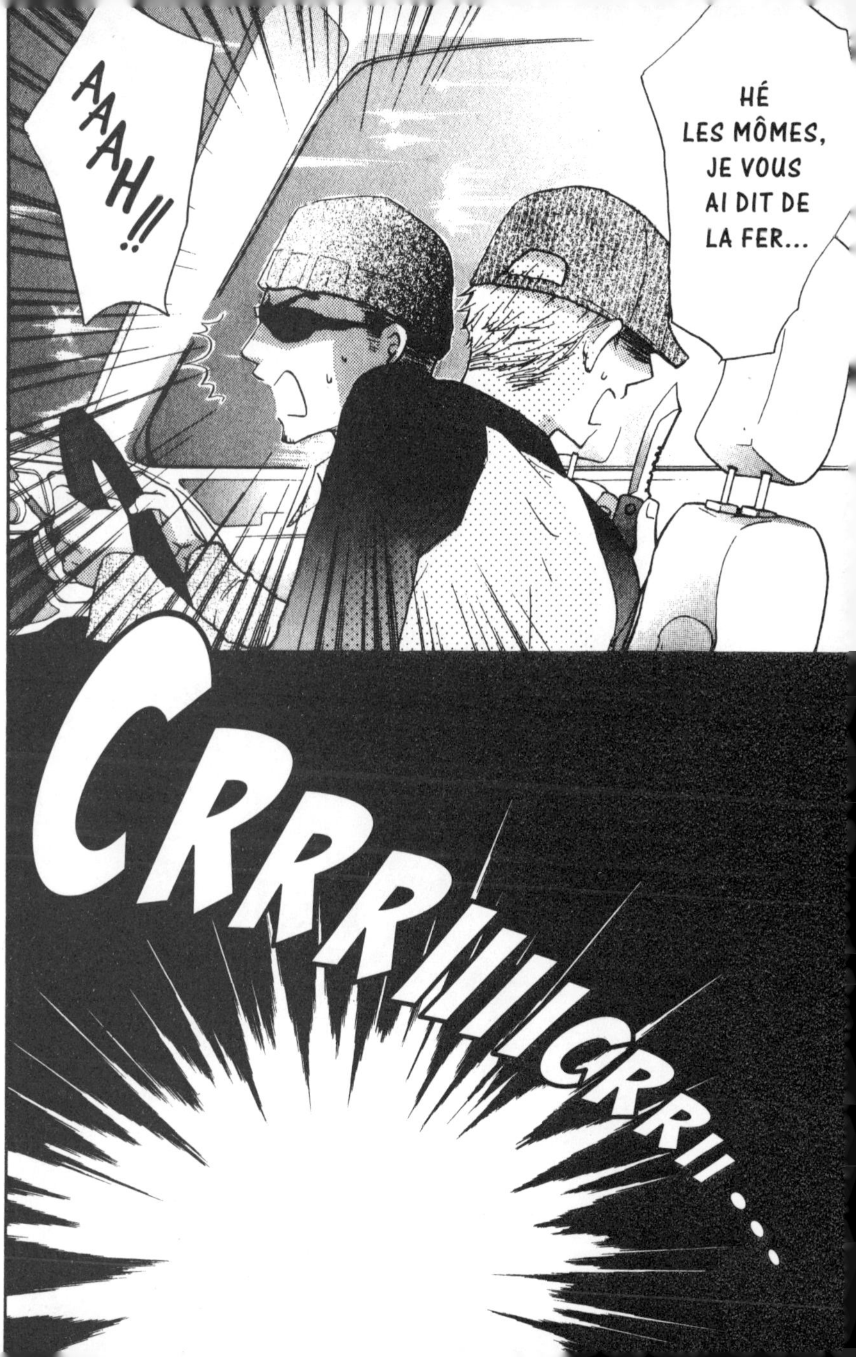
HÉ LES MÔMES, JE VOUS AI DIT DE LA FER...
AAAAH !!
CRRRIIIIGRRII...

DEPUIS LE DÉBUT DE CETTE HISTOIRE, JE N'AI PENSÉ QU'À MOI...
J'AI PERDU DE VUE QUE LES AUTRES AUSSI AVAIENT DES SENTIMENTS
ET QU'ON N'AVAIT PAS TOUS LES MÊMES, NI LA MÊME MANIÈRE DE LES EXPRIMER...

PIIN
POON
PIIN
県警
SHLAK
SHLAK
CLAP

LA POLICE EST ARRIVÉE... ILS VONT POUVOIR METTRE CES BANDITS SOUS LES VERROUS
PFFF...
HEIN ?
MAIS CE NE SONT PAS LES GENS DE L'ENTREPRISE DE SÉCURITÉ QUI LES ONT NEUTRALISÉS ?
SI, MAIS COMME CE SONT DES CIVILS, ET PAS UN CORPS DE L'ÉTAT, ILS N'ONT PAS LE DROIT DE LES SÉQUESTRER
IL FAUT DONC QU'ILS CONTACTENT LA POLICE POUR LEUR TRANSFÉRER LES PRÉVENUS AFIN QU'ON PUISSE LÉGALEMENT LES EMPRISONNER
IL PARAÎT MÊME QU'ILS RISQUENT GROS S'ILS EMMÈNENT EUX-MÊME LES CRIMINELS JUSQU'AU COMMISSARIAT
OOOH...
MAIS D'AILLEURS... QU'EST CE QUI S'EST VRAIMENT PASSÉ ?
ON VENAIT À PEINE DE SE FAIRE KIDNAPPER QU'ILS SONT INTERVENUS POUR NOUS SAUVER...
ET BIEN...
JE TE L'AI DIT, DANS LA VOITURE, NON ? CE N'EST PAS LA PREMIÈRE FOIS QU'UNE TELLE MÉSAVENTURE M'ARRIVE
C'EST POUR ÇA QUE J'AI TOUJOURS CE PETIT INSTRUMENT À UTILISER, AU CAS OÙ JE ME RETROUVERAIS VRAIMENT DANS LA PANADE
FROUT...

CECI
EST UNE BALISE DE DÉTRESSE
QUAND JE LA DÉCLENCHE, ELLE ENVOIE UN SIGNAL JUSQU'AUX LOCAUX DE LA COMPAGNIE DE SÉCURITÉ
SWIP...
DÈS QU'ILS NOUS ONT MIS DANS LA VOITURE, J'AI APPUYÉ SUR LE BOUTON POUR ENVOYER UN SIGNAL D'URGENCE
LORSQUE LE SIGNAL EST ARRIVÉ À LA COMPAGNIE, ILS ONT ENVOYÉ UNE ÉQUIPE D'INTERVENTION POUR VENIR VÉRIFIER LA SITUATION
COMME IL Y A UN GPS INTÉGRÉ DANS CETTE BALISE, ILS SAVENT À TOUT MOMENT OÙ JE ME TROUVE QUAND ELLE EST DÉCLENCHÉE
MON PORTABLE AUSSI EST ÉQUIPÉ D'UN GPS... DEUX PRÉCAUTIONS VALENT MIEUX QU'UNE !
OH !
C'EST LE MÊME QUE LE MIEN...
...ET OUI...

...JE SUIS DÉSOLÉ...
INCONSCIEMMENT, JE SAVAIS QU'EN ME RAPPROCHANT DE TOI, TU RISQUAIS DE TE RETROUVER EMBARQUÉ DANS CE GENRE DE SITUATION
C'EST PEUT-ÊTRE POUR ÇA QUE J'AI VOULU T'OFFRIR CE PORTABLE...
IZUMI...
...MAIS

SI TU AS FAIT ÇA, C'ÉTAIT POUR MON BIEN, NON ?
TU VOULAIS ME PROTÉGER, POUR QU'IL NE M'ARRIVE RIEN DE GRAVE EN CAS DE PÉPIN...
LA PREUVE, C'EST QUE QUAND ILS SONT INTERVENUS POUR NOUS SAUVER...
AH !
LA ROUTE EST BARRÉE, IL Y A DES TRAVAUX !
CRRRIII...

TOC TOC
CRRICRRI
EFFECTIVEMENT. ON EST EN TRAIN DE RÉPARER UNE CONDUITE D'EAU...
ALORS... JE VAIS VOUS EXPLIQUER LE CHEMIN DU DÉTOUR... VOUS COMMENCEZ PAR FAIRE DEMI-TOUR, ET ENSUITE...
HA
MATSUOKA, COUCHE-TOI !
BAM
...HEIN !?

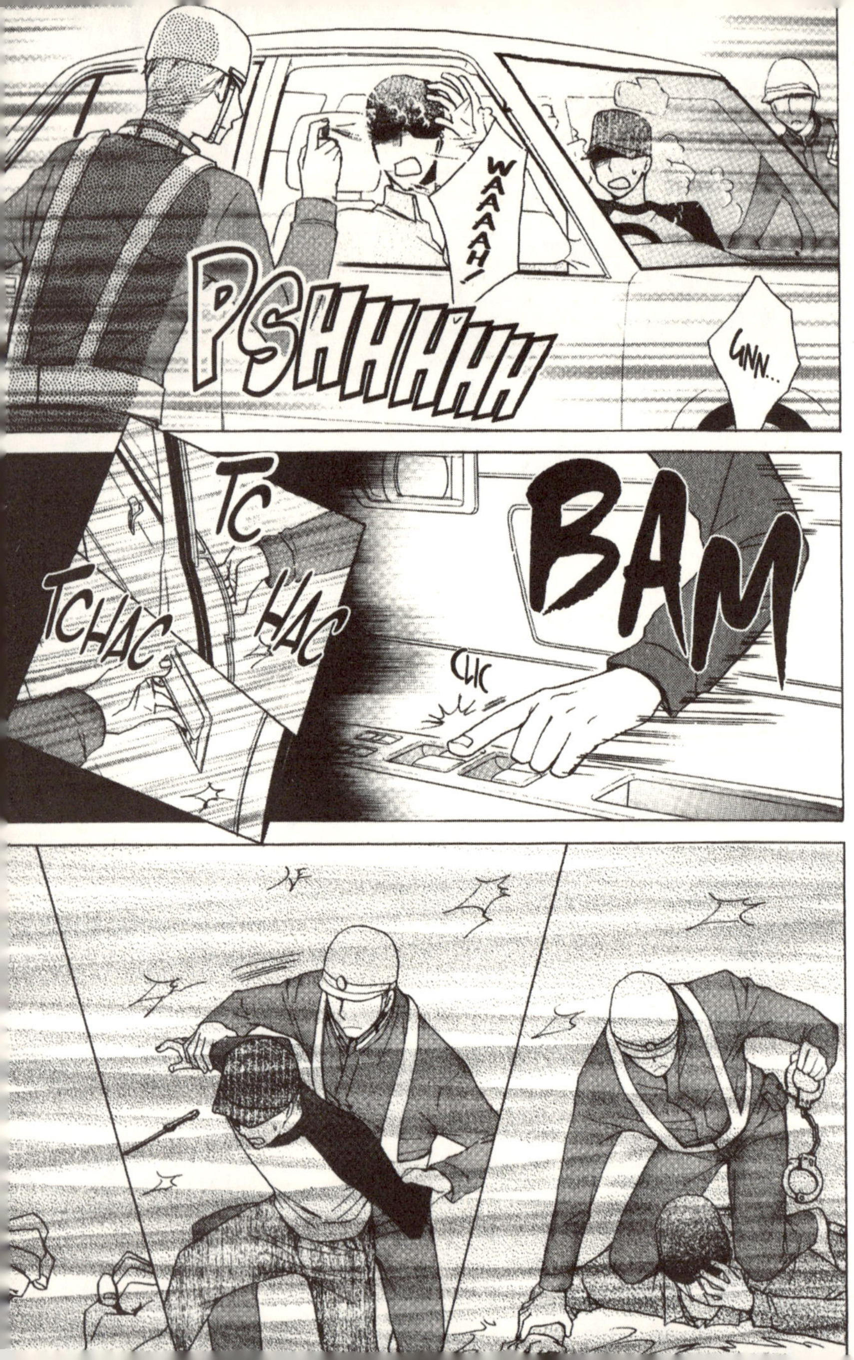
WAAAAAH!
PSHHHHHH
GNN...
TC HAC
TCHAC
BAM
CLIC

...IZUMI...
ÇA Y EST... JE CROIS QU'ON EST AUVÉS...
T'ES PAS BLESSÉ, MATSUOKA ?
ÇA VA...
...ET DONC

TU T'ES JETÉ SUR MOI POUR ME PROTÉGER, AU PÉRIL DE TA VIE ?...
HUM
BEN C'EST NORMAL...
APRÈS TOUT, C'EST DE MA FAUTE SI TU T'ES RETROUVÉ EMBARQUÉ DANS TOUTE CETTE HISTOIRE...
TU CROIS PAS QUE C'EST SURTOUT PARCE QUE TU TIENS À MOI ?...
IZUMI, JE CROIS QUE COMPRENDS CE QUE TU RESSENS, DÉSORMAIS... JE...
MATSUOKA...
...MAIS...
SI UNE SITUATION DE CE GENRE SE REPRODUIT...
......

M. IZUMI !
HA
UNE VOITURE EST ARRIVÉE POUR VOUS RAMENER, MAIS LA POLICE DÉSIRE VOUS INTERROGER POUR TIRER L'AFFAIRE AU CLAIR
SI VOUS ÊTES TROP FATIGUÉ, NOUS POUVONS LEUR DIRE DE REPORTER À DEMAIN L'AUDITION
NON NON, JE PRÉFÈRE Y ALLER MAINTENANT
MAIS SI VOUS POUVIEZ RAMENER MATSUOKA
CE SERAIT GENTIL
C'EST COMPRIS
JE SUIS VRAIMENT DÉSOLÉ, MATSUOKA
NE T'INQUIÈTE PAS, JE VAIS TOUT FAIRE POUR QU'UN TEL CAUCHEMAR NE SE REPRODUISE PLUS...
UNE DE NOS VOITURES VA TE RAMENER CHEZ TOI
IZUMI !
SURPRISE

C'EST PEUT-ÊTRE ÉGOÏSTE DE MA PART DE DIRE ÇA MAINTENANT, MAIS JE RETIRE CE QUE J'AI DIT JUSQU'À AUJOURD'HUI
PARCE QUE JE DÉSIRE VRAIMENT MIEUX TE CONNAÎTRE !
MATSUOKA !...
BON, BEN À DEMAIN...
JE SUIS SI HEUREUX...
MAIS JE DOIS...

BLA...
BLA...
BLA...
IZUMI NE VIENT PLUS... POURTANT IL VIENT À L'ÉCOLE...
LUI QUI VENAIT À CHAQUE PAUSE, AVANT...
C'EST VRAI QU'À CE MOMENT... J'AI PENSÉ QU'IL ALLAIT CHERCHER À S'ÉLOIGNER DE MOI...
PARCE QUE JE DÉSIRE VRAIMENT MIEUX TE CONNAÎTRE !
J'AI POURTANT ESSAYÉ DE LUI DIRE...
......

BON !
SI IZUMI NE VIENT PAS À MOI, C'EST MOI QUI VIENDRAI À LUI !
CLANG
APRÈS TOUT, LUI FAISAIT BIEN L'EFFORT DE VENIR ME VOIR, ALORS QU'IL SAVAIT QUE ÇA NE ME PLAISAIT PAS
MAINTENANT C'EST À MON TOUR DE LE POURSUIVRE !

2nde A
TIENS, NOTRE PRINCESSE TOMOE NE VA PAS VOIR L'AUTRE PRINCESSE, AUJOURD'HUI ?
POURTANT, IL Y ALLAIT TOUT LE TEMPS, CES DERNIERS TEMPS
S'IL Y VA PAS, ON N'A QU'À L'INVITER À DÉJEUNER AVEC NOUS !
IZUMI !
HA

MATSUOKA...
COMME TU N'ES PAS VENU ME VOIR, J'AI DÉCIDÉ QU'AUJOURD'HUI C'EST MOI QUI VIENDRAIS TE VOIR
MATSUOKA...

SALLE DE TRAVAUX MÉNAGERS
IZUMI
TU CHERCHES À PRENDRE TES DISTANCES AVEC MOI, JE ME TROMPE ?
CHOC
MAIS EUH...
J'ESSAYE QUAND MÊME DE BIEN FAIRE MON TRAVAIL DE PRINCESSE, ET PUIS...
SWISH

JE SUIS D'ACCORD POUR QU'ON TRAVAILLE ENSEMBLE COMME « PRINCESSES »
MAIS ÇA VEUT PAS DIRE QU'ON EST OBLIGÉS DE DEVENIR DES AMIS INTIMES !
CE SONT LES TERMES QUE J'AVAIS UTILISÉS POUR LE RENVOYER, IL Y A QUELQUE TEMPS...
JE SUIS BIEN PLACÉ POUR SAVOIR CE QU'ILS VEULENT DIRE : JE NE VEUX PLUS TE VOIR...
JE NE ME DOUTAIS PAS QUE C'ÉTAIENT DES MOTS SI TERRIBLES...
QUAND JE PENSE QUE J'AI PU
ÊTRE AUSSI CRUEL AVEC IZUMI...
JE SUIS DÉSOLÉ...
HEIN...
JE... JE NE PENSAIS QU'À MOI.. J'AI ÉTÉ TERRIBLEMENT CRUEL AVEC TOI...
À AUCUN MOMENT JE N'AI CHERCHÉ À MIEUX TE CONNAÎTRE, À TE COMPRENDRE...

JE PENSAIS PAS QU'EN M'ENFERMANT DANS MON COCON, JE POUVAIS FAIRE SI MAL À CEUX QUI VOULAIENT Y PÉNÉTRER
JE PENSAIS QUE SI ÇA ME PERMETTAIT DE PROTÉGER TOUT CE QUI M'ÉTAIT CHER, BLESSER LES AUTRES ÉTAIT UN RISQUE À COURIR
OUI MAIS...
MAIS
AUJOUD'HUI, JE SAIS QUE JE VEUX TE CONNAÎTRE, IZUMI
ALORS APPRENDS-MOI ! PARCE QUE JE VEUX ME RAPPROCHER DE TOI !
JE VEUX SAVOIR QUI TU ES VRAIMENT, TOI QUI AS RÉUSSI À VAINCRE MES RÉTICENCES...
MAIS... SI TU... SI TU RESTES À MES CÔTÉS...
L'INCIDENT D'HIER RISQUE DE SE REPRODUIRE
DANS CE CAS, ON N'A QU'À FAIRE TOUS LES DEUX ATTENTION À CE QU'IL NE SE REPRODUISE PAS, NON ?

BON, TOUT ÇA POUR TE DIRE QUE
POUR COMMENCER, IL FAUT QUE JE TE CONNAISSE
MATSUOKA...
...D'ACCORD...
JE VEUX QUE TU ME CONNAISSES... TOUTE MA VIE...
C'EST CE QUE J'AI TOUJOURS RÊVÉ D'ENTENDRE...

TU DOIS TE DIRE QUE TOUS LES MEUBLES, LES OBJETS D'ART ET LA MAISON ELLE-MÊME A L'AIR DE COÛTER UNE FORTUNE, N'EST-CE PAS ? QUE ÇA REPRÉSENTE UNE SACRÉE COLLECTION ?
C'EST VRAI...
J'AVOUE QUE ÇA ME FOUT UN PEU MAL À L'AISE, QUAN MEME...
J'ARRIVE PAS À ME DÉTENDRE...
MAIS MOI, TOUS CES TRUCS DE LUXE NE M'INTÉRESSENT PAS DU TOUT. POUR MOI, TOUT CE QU'IL Y A ICI EST GADGET...
J'AI TOUJOURS EU L'IMPRESSION QUE CETTE MAISON N'ÉTAIT QU'UN HANGAR POUR ENTREPOSER TOUT UN TAS DE BRELOQUES HORS DE PRIX...
D'AILLEURS... EN THÉORIE, CETTE MAISON EST CELLE DE MA FAMILLE, MAIS EN RÉALITÉ
MON PÈRE PASSE TOUTE SA VIE AU TRAVAIL, ET MA MÈRE EST TOUJOURS EN VOYAGE À L'ÉTRANGER, OU FRÉQUENTE DES COURS D'ART... ILS NE SONT JAMAIS LÀ
TU TROUVES QU'ON PEUT VRAIMENT APPELER ÇA UN « FOYER » ?

CETTE MAISON A BEAU ÊTRE ÉNORME, JE SUIS SEUL À Y VIVRE...
À CHAQUE FOIS QUE JE PENSE À ÇA, JE SUIS PRIS DE FRISSONS, QU'IL FASSE FROID OU NON...
...C'EST CLAIR...
JE PRÉFÈRE ENCORE VIVRE AVEC MA FAMILLE DANS NOTRE PETIT APPARTEMENT...
BRRR
QUE VIVRE SEUL DANS UNE GRANDE BARAQUE COMME ÇA...
TA MAISON EST TOUTE PETITE, MAIS VOTRE VIE FAMILIALE EST SI CHALEUREUSE...
C'EST POUR ÇA QUE JE T'ENVIE TON « CHEZ TOI », MATSUOKA
MAIS... JE T'ASSURE QUE JE VOUS ENVIE VRAIMENT...
...QUAND IL A DIT ÇA AUSSI...
IL ÉTAIT PROFONDÉMENT SINCÈRE...

J'IMAGINE QUE TOUT LE MONDE DOIT PENSER QU'AVEC UNE TELLE MAISON, ET AVEC TOUT L'ARGENT QU'ON A CHEZ NOUS, JE DOIS AVOIR UNE VIE DE RÊVE...
...C'EST VRAI... MOI AUSSI, C'EST CE QUE JE PENSAIS...
MAIS
CE NE SONT PAS CES CHOSES LÀ QUE JE VEUX...
UNE FAMILLE RÉUNIE, QUI DÎNE ENSEMBLE EN PARLANT DE TOUT ET N'IMPORTE QUOI...
UNE FAMILLE COMME LA TIENNE, C'EST CE QUE JE DÉSIRE LE PLUS AU MONDE, MATSUOKA...
C'EST BIEN PLUS PRÉCIEUX QUE TOUTES LES BRELOQUES TAPE-À-L'OEIL QU'IL Y A DANS CETTE BARAQUE !

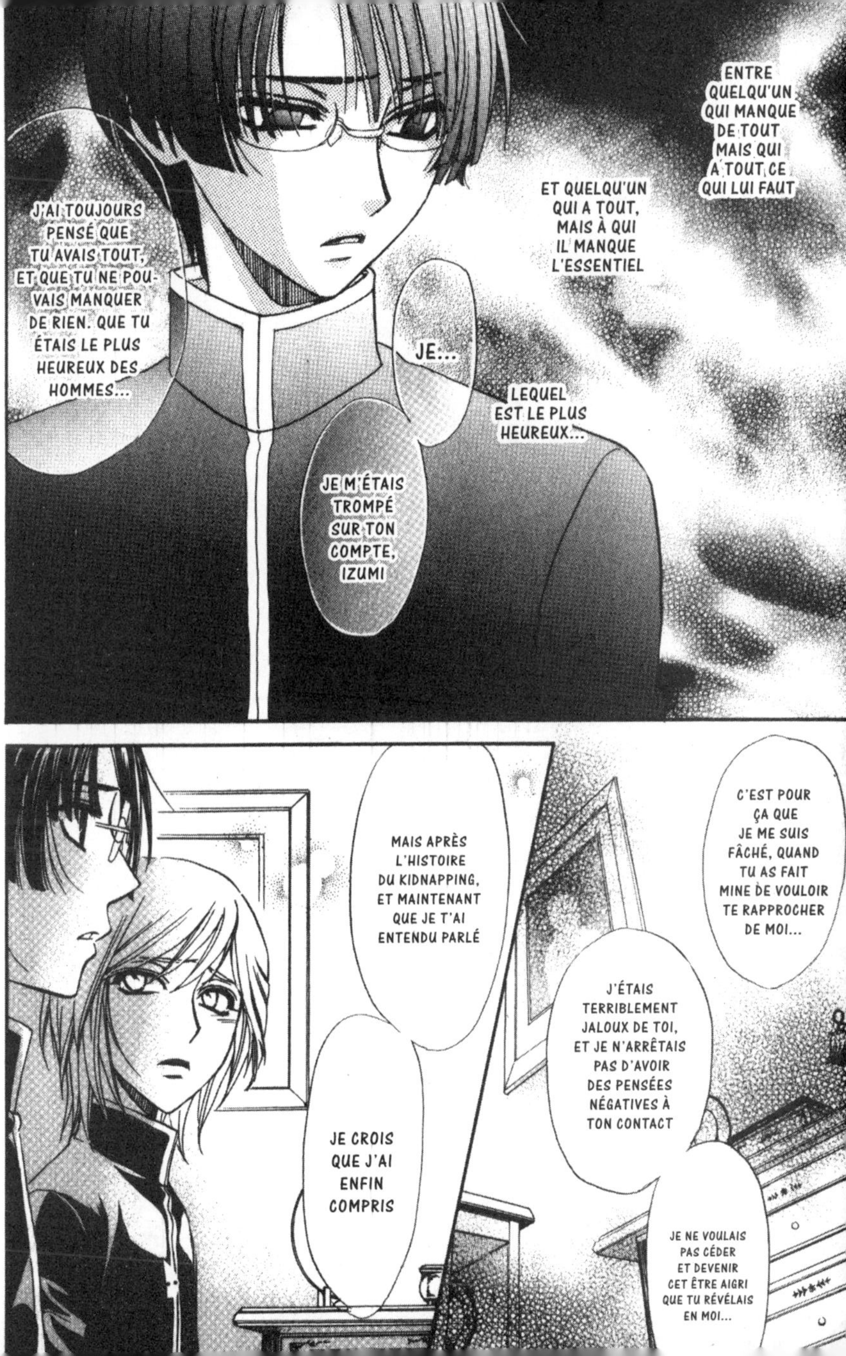
ENTRE QUELQU'UN QUI MANQUE DE TOUT MAIS QUI A TOUT CE QUI LUI FAUT
ET QUELQU'UN QUI A TOUT, MAIS À QUI IL MANQUE L'ESSENTIEL
LEQUEL EST LE PLUS HEUREUX...
JE...
J'AI TOUJOURS PENSÉ QUE TU AVAIS TOUT, ET QUE TU NE POU-VAIS MANQUER DE RIEN. QUE TU ÉTAIS LE PLUS HEUREUX DES HOMMES...
JE M'ÉTAIS TROMPÉ SUR TON COMPTE, IZUMI
C'EST POUR ÇA QUE JE ME SUIS FÂCHÉ, QUAND TU AS FAIT MINE DE VOULOIR TE RAPPROCHER DE MOI...
J'ÉTAIS TERRIBLEMENT JALOUX DE TOI, ET JE N'ARRÊTAIS PAS D'AVOIR DES PENSÉES NÉGATIVES À TON CONTACT
JE NE VOULAIS PAS CÉDER ET DEVENIR CET ÊTRE AIGRI QUE TU RÉVÉLAIS EN MOI...
MAIS APRÈS L'HISTOIRE DU KIDNAPPING, ET MAINTENANT QUE JE T'AI ENTENDU PARLÉ
JE CROIS QUE J'AI ENFIN COMPRIS

TOI ET MOI, IZUMI, NOUS N'AVONS RIEN DE DIFFÉRENT
NOUS SOMMES PAREILS...
EXCUSE MOI...
JE M'EXCUSE DE M'ÊTRE MONTRÉ ODIEUX AVEC TOI JUSQU'À AUJOURD'HUI
ET À PARTIR D'AUJOURD'HUI, JE VOUDRAIS QUE NOTRE RELATION REPARTE SUR DE NOUVELLES BASES...
EST-CE QUE TU PEUX ME PARDONNER, IZUMI ?...
MATSUOKA...

QUAND JE RENTRERAI... CHEZ MOI...
TU N'AURAS QU'À VENIR AVEC MOI...
SERRE
BIEN SÛR !
D'ACCORD !!
TC
HAC
SALLE DU CONSEIL

TOMOÉ ! IL FAUT SE DÉPÊCHER, ON N'A PLUS DE TEMPS À PERDRE !
ATTENDS-MOI, KIRIYA !
JE CROIS QUE MES CHAUSSURES SONT TROP GRANDES...
EUH... C'EST MOI OU ILS VIENNENT DE S'APPELER PAR LEURS PRÉNOMS, CES DEUX-LÀ...
HUM...
ILS ONT GRAVI UNE MARCHE SUR L'ESCALIER QUI LES MÈNERA À L'ÂGE ADULTE...
TOUT FAIT, OUT À FAIT
OUI OUI
NOUS AUSSI, L'ÉTÉ DERNIER, ON AVAIT GRANDI COMME ÇA...
HEIN AKIRA !
CE... C'EST VRAI... PENDANT LES VACANCES D'ÉTÉ...
DANS CE CAS, C'EST EN AUTOMNE QU'AKIRA ET MOI AVONS GRAVI UNE MARCHE
MAIS C'EST QUOI, CETTE HISTOIRE D'ESCALIER VERS L'ÂGE ADULTE
HUM
HÉ HOOO!
C'EST QUOI CET HISTOIRE D'ESCALIER, BORDEL !
HOOO!

PRINCESS PRINCESS - END

PRÉSENTATION

Animé TV de « Princess princess »
COMPTE-RENDU DE L'AUDITION DES DOUBLEURS
NOUS SOMMES ALLÉS AVEC EIKI ASSISTER AU DOUBLAGE DE L'ADAPTATION ANIMÉE DE « PRI PRI »
JE SUIS LA MANAGER DE MIKIYO TSUDA !
C'EST GENTIL DE M'ACCOMPAGNER... JE COMPTE SUR TOI, HEIN !
LE MATIN DU JOUR MÊME, NOUS AVONS REÇU LES DOSSIERS DES DIFFÉRENTS PARTICIPANTS À L'AUDITION
COMME ON NE NOUS AVAIT PAS DIT QUI VIENDRAIT VRAIMENT AU BOUT DU COMPTE, ON AVAIT UN PEU L'IMPRESSION DE JOUER À LA ROULETTE RUSSE
ALORS VOYONS...
QUI SERA LÀ, AU BOUT DU COMPTE ?
OH OOOH !
HUM HUM
FLAP...
EN TOUT, CE SONT 34 HOMMES ET FEMMES QUI ONT PARTICIPÉ
HMM ?
IL Y AVAIT PARMI EUX BEAUCOUP D'ACTEURS QUE J'AVAIS DÉJÀ RENCONTRÉ LORS DE L'ENREGISTREMENT DU CD DRAMA
DITES MOI... IL Y A BEAUCOUP DE PERSONNES QUE J'AI DÉJÀ RENCONTRÉES... C'EST JUSTE UN HASARD ?
EN EFFET... IL Y A BEAUCOUP DE GENS CÉLÈBRES PARMI LES POSTULANTS... 36-PRÉPOSÉS
HAA
POUR L'AUDITION, LES PARTICIPANTS DEVAIENT INCARNER LE RÔLE QU'ILS DÉSIRAIENT SUR UN PETIT SCÉNARIO PRÉPARÉ À L'AVANCE
POUR CERTAINS, ON S'EST DEMANDÉ SI UN AUTRE RÔLE NE LEUR CONVENAIT PAS MIEUX, ET ILS ONT PU ESSAYER JUSQU'À 2 OU TROIS RÔLES
CE MEC EST SUPER ! IL FAUT LUI FAIRE ESSAYER TOUS LES RÔLES !
VOUS ÊTES D'ACCORD ?
RÉALISATEUR
EUH...
BIEN SÛR, MAIIS...
IL A L'AIR BIEN EXCITÉ, LE RÉALISATEUR...
ET AUSSI...
AAH, CELUI-LÀ NE COLLE VRAIMENT PAS AVEC LE RÔLE...
MAIS J'ADOOORE SA VOIX !!
AÏE AÏE
C'EST PAS POSSIIBLE
JE VOUDRAIS L'ENTENDRE ENCORE ET ENCORE !!...
C'EST PAS POSSIIBLE
DESEPOIR
HAA HAA HAA

BON, POUR LES RÔLES PRINCIPAUX, IL FAUT PRENDRE JUN FUKUYAMA (TÔRU), ET ROMI PAKU (YÛJIRÔ) ! ILS COLLENT PARFAITEMENT AUX RÔLES, ET ILS SONT TRÈS RENOMMÉS ! SINON, IL FAUT AUSSI PRENDRE M. HOSHI (AKIRA), ETC...
PLAF
MAIS NON, EIKI A ÉTÉ BEAUCOUP PLUS DIPLOMATE... ENFIN C'EST CE QU'ELLE DIT ! (RIRES)
UN DÉBAT ENFLAMMÉ ANIMA TOUS LES MEMBRES DU COMITÉ DE SÉLECTION, EXCEPTÉ L'AUTEUR
MOI AUSSI, JE SUIS D'ACCORD AVEC CETTE DISTRIBUTION
SINON, QUE PENSEZ VOUS DE M. X ?
EN EFFET...
MOI JE TROUVE QUE M. Y EST PAS MAL NON PLUS...
HUM
C'EST SÛR, ILS ONT BEAUCOUP DE TALENT, MAIS SI ON PREND CES ACTEURS, ON AURA PLUTÔT DES VOIX DE JEUNES HOMMES, PLUTÔT QUE DE MIGNONNES JEUNES FILLES
JE TROUVE...
ET VOUS, QU'EST CE QUE VOUS EN PENSEZ, MLLE TSUDA ?
AH
MOI... EUH... JE PENSE QUE SI LEUR VOIX COLLE BIEN AU RÔLE, ON DEVRAIT LES PRENDRE, MÊME S'ILS NE SONT PAS CÉLÈBRES...
UN PEUX COMME M. Z, OU M. V...
TU VAS ARRÊTER DE DIRE DE TELLES NIAISERIES !!
T'AS PENSÉ UNE MINUTE AUX FANS DE DOUBLAGE !?
MAIS JE SAIS, VOYONS ! CEST POUR ÇA QUE J'AI JUSTE DONNÉ UN AVIS, ET QUE JE NE TIENS PAS SPÉCIALEMENT À IMPOSER MES CHOIX
ET VOILÀ COMMENT LE COMITÉ DE SÉLECTION S'EST MIS D'ACCORD SUR LES DOUBLEURS POUR LES QUATRE RÔLES PRINCIPAUX
MAIS QUAND MÊME... M. HOSHI, OU ROMI PAKU N'ONT PAS PEUR EN CONNAISSANT MON PASSÉ D'AUTEUR AMATRICE
LE BO** LO**
IL FAUT CROIRE QUE S'ILS ONT VOULU TRAVAILLER AVEC MOI, C'EST PARCE QU'ILS APPRÉCIENT MON TRAVAIL...
COMPTE RENDU DE L'AUDITION DES DOUBLEURS - FIN

LES FEUX DE L'AMOUR

LES FEUX DE L'AMOUR - FIN

POSTFACE

BONJOUR À TOUS, C'EST MIKIYO TSUDA !
COMME JE VOUS L'AVAIS PROMIS DANS « PRI PRI 5 », JE VOUS PRÉSENTE UNE TOUTE NOUVELLE GÉNÉRATION DE PRINCESSES !
WAAAOUUUH !
COMME JE VOULAIS MARQUER CLAIREMENT LA DIFFÉRENCE ENTRE CES « PRINCESSES » ET LES PRÉCÉDENTES, J'AI DÉCIDÉ DE LES FAIRE TRÈS DIFFÉRENTES L'UNE DE L'AUTRE
FAMILLE : TRÈS RICHE
CARACTÈRE : PASSIONNÉ
PHYSIQUE : GRANDE TAILLE
VISAGE DOUX ET DÉLICAT
STYLE : CHEVEUX LONGS, JUPES LONGUES
AMILLE : PAUVRE
ARACTÈRE : DÉVOUÉ
HYSIQUE : PETIT, LES TRAITS
FINS, L'AIR SÉVÈRE
TYLE : CARRÉ COURT, MINI-JUPE
COMME J'AVAIS DÉJÀ RACONTÉ TOUT AU SUJET DES DEVOIRS DES « PRINCESSES » DANS L'ANCIENNE SÉRIE
JE ME SUIS DIT QUE CE NE SERAIT PAS DRÔLE SI JE REFAISAIS LA MÊME CHOSE
J'AI DÉCIDÉ CETTE FOIS DE CENTRER LE MANGA SUR LES RELATIONS ENTRE LES DEUX PERSONNAGES
J'AI JUSTE L'IMPRESSION QUE J'AI DESSINÉ MATSUOKA UN PEU TROP SÉRIEUX... J'ESPÈRE QUE LES GENS NE VONT PAS TROP LE DÉTESTER...
HUM HUM
DU COUP, MÊME SI CE MANGA S'APPELLE « PRI PRI », J'AI L'IMPRESSION QU'IL N'Y A PAS BEAUCOUP DE SCÈNES OÙ ON VOIT NOS PRINCESSES EN COSTUME...
J'AURAIS VOULU METTRE ENCORE TOUT PLEIN DE JOLIS COSTUMES DE PRINCESSES

EN PLUS, COMME DANS CETTE NOUVELLE GÉNÉRATION, LES COSTUMES DES PRINCESSES N'ONT PLUS DE STYLE DÉFINI. LES POSSIBILITÉS SONT INFINIES
PUISQUE NATASHO, LE FAN DES GOTHICS LOLITAS, A FINI SES ÉTUDES
DU COUP, SI J'AVAIS LEVÉ TOUTES LES « LIMITES QUE JE M'ÉTAIS FIXÉES, VOYONS UN PEU CE QUE ÇA AURAIT PU DONNER
IL A TOUJOURS L'AIR AUSSI RÉSERVÉ ?
SUJET « NO LIMIT » N° 1 LA FAUSSE POITRINE
SUJET « NO LIMIT » N°2 LA MINI JUPE
AVEC LES BAS
SUJET « NO LIMIT » N°3 LE COSTUME PRÈS DU CORPS
ÇA A BEAU ÊTRE UN MANGA, JE ME SUIS DIT QUE JE NE POUVAIS PAS FAIRE N'IMPORTE QUOI QUAND JE DESSIN DES GARÇONS, ET SURTOUT PAS LEUR DESSINER UN CORPS DE FEMME JUSTE PARCE QU'ILS S'HABILLENT EN FEMMES...
C'EST POUR ÇA QUE J'AI DÛ ME FIXER DES LIMITES DAN LES VÊTEMENTS..
IL NE FAUT PAS VOIR LE COU (LA GORGE) OU LA LARGEUR DES ÉPAULES
IL SUFFIT D'UN TOUR DE TAILLE UN PEU FORT, ET LE PERSONNAGE PERD TOUTE FÉMINITÉ
EN RÉALITÉ, J'IMAGINE MAL UN GARÇON SE RASER LES JAMBES JUSTE POUR LES MONTRER
...MAIS
DU MOMENT QU'ELLES SONT BELLES UNE FOIS HABILLÉES, EST-CE QUE CE N'EST PAS LÀ LE PRINCIPAL !?
APRÈS TOUT ON EST DANS UN MANGA, ON PEUT TRICHER UN PEU AVEC LES RÈGLES !!
AH HA HA HA HA
VOILÀ UN PEU DANS QUEL ÉTAT D'ESPRIT J'ÉTAIS... MAIS SINON...

VOUS VOUS RAPPELEZ QUE DANS « PRI PRI 5 », JE VOUS AVAIS DIT QUE J'AVAIS ENCORE TOUT PLEIN DE PROJETS CONCERNANT LA SÉRIE ?
JE N'AI PAS PU EN DIRE PLUS, PARCE QUE J'ÉTAIS LIMITÉ PAR LE TEMPS, MAIS UN DE CES PROJETS, C'ÉTAIT UNE VERSION DE « PRI PRI »...
EN SÉRIE LIVE, AVEC DES ACTEURS
IL Y EN A SÛREMENT QUI SONT DÉJÀ AU COURANT...
L'HISTOIRE EST ASSEZ DIFFÉRENTE DE CELLE DU MANGA OU DE L'ANIMÉ, PUISQUE C'EST MIKOTO QUI EN EST LE HÉROS. NOS PRINCESSES DOIVENT FAIRE FACE À UN GROUPE DE RIVALES, LES « PRINCESSES NOIRES », CE QUI DONNE LIEU À TOUTES SORTES DE COMBATS ET D'AFFRONTEMENTS AU SEIN DU LYCÉE
(EST-CE QUE J'AI BIEN EXPLIQUÉ ? RIRES)
À L'ORIGINE, N M'A DEMANDÉ SI J'ÉTAIS 'ACCORD POUR U'ILS FASSENT NE HISTOIRE I N'AVAIT PLUS RAND CHOSE À VOIR AVEC LE MANGA
AIS COMME 'AI DONNÉ ON ACCORD, CROIS QU'ON PEUT DIRE 'ILS SE SONT LÂCHÉS !
DANS LE RÔLE DE MIKOTO KENTA KAMAKARI
OTOYA HANAZONO : NAKAMURA YÛICHI
SHÛYA ARISADA : TAKUMI SAÏTÔ
SAKAMOTO AKIRA : OSAMU ADACHI
KURÔ MINAMOTO : KENTO SHIBUYA
RANTA MORI : KAZUMA
HARUKA JÔIN : HIDEO ISHIOURO
KAORU HATASHÔ : KÔHEI YAMAMOTO
MASAYUKI KOSHINO : SHÔTA MINAMI
WATARU HARUE : HARUHIKO SATÔ
TAKAHIRO TADASU : HIROSHI YOSHIHARA
D'AILLEURS, J'AI DESSINÉ UN COMPTE-RENDU SUR LES LIEUX DU TOURNAGE !
ET SUR LES PRINCESSES NOIRES !
US POURREZ E LIRE DANS « PRINCESS PRINCESS D MAKING BOOK »
DANS LE RÔLE DE YÛJIRÔ REI FUJITA
DANS LE RÔLE DE TÔRU TAKERU SATÔ
IL EXISTE AUSSI UN RECUEIL DE PHOTOS « PRINCESS PRINCESS OFFICIAL SHASHINSHÛ ». CES DEUX BOUQUINS SONT PUBLIÉS PAR SHINSHÔKAN, ALORS N'HÉSITEZ PAS À Y JETER UN COUP D'OEIL
ÉVIDEMMENT, DANS CETTE SÉRIE TV, CE SONT DE VRAIS GARÇONS QUI METTENT DES COSTUMES DE FILLES...
GOTHIC LOLITAS, ÉVIDEMMENT
EN VOYANT ÇA, JE ME SUIS DIT... ÇA LEUR VA TROP BIEEEEEN !!
POURTANT, C'EST
QUE CE SOIT LEUR COU, LEURS ÉPAULES, LEURS JAMBES, TOUT ÉTAIT NIIICKEL !!
BRR BR
SI ILS ARRIVENT À ÊTRE AUSSI SEXY DANS UNE SÉRIE, JE PEUX ALLER ENCORE PLUS LOIN DANS MON MANGA !!

PARMI LES PROJETS CONCERNANT « PRI PRI », ON TROUVE AUSSI UN JEU VIDÉO !
IL S'AGIT D'UN JEU D'AVENTURE TEXTUEL PUBLIÉ PAR MARVELOUS INTERACTIVE, QUI S'APPELLE « PRINCESS PRINCESS, MÉSAVENTURES APRÈS LES COURS »
C'EST CELUI-LÀ !
PlayStation.2
PRINCESS PRINCESS
C'EST MOI QUI AI DESSINÉ LA COUVERTURE DU JEU
MAIS ELLE A ÉTÉ COLORISÉE PAR INFORMATIQUE. ÇA DONNE UN EFFET BIZARRE, MAIS TRÈS INTÉRESSANT !
VOILÀ DONC VO PRINCESS
MÉTAMORPHOSE !
LE DÉBARQUEMENT DES PRINCESSES !!
SHIIIING
IMAGINEZ QU'ELLES SE TRANSFORMENT, UN PEU COMME X-OR OU BIOMAN
LÀ, POUR LE COUP, JE ME SUIS LÂCHÉ SUR LEURS CORPS (RIRES)
IL FAUT QUE J'EN PROFITE TANT QUE JE PEUX, DE CE GENRE DE COSTUMES... (RIRES)

PAR AILLEURS, IL EXISTE AUSSI UN RECUEIL D'ILLUSTRATIONS DE « PRINCESS PRINCESS » QUI EST SORTI AU JAPON AU MÊME MOMENT QUE CE « PRINCESS PRINCESS + »
IL S'APPELLE « PRINCESS PRINCESS PREMIUM »
C'EST UNE ANTHOLOGIE DE RÊVE, AVEC UN MANGA DESSINÉ PAR SAIKOKU GENKÔ, ALORS N'HÉSITEZ PAS, ET SAUTEZ DESSUS !
PRINCESS PRINCESS PREMIUM
MIKIYO TSUDA
C'EST UNE ANTHO-LOGIE DE RÊVE, AVEC UN MANGA DESSINÉ PAR SAI-OKU GENKÔ, ALORS N'HÉSITEZ PAS, ET SAUTEZ DESSUS !
EN PLUS, IL EST PROPOSÉ AU PRIX TRÈS ATTRACTIF DE 1260 YENS
LE TOUT AU FORMAT B5 !
CETTE FOIS, CE « PRI PRI + » CLÔT LA SÉRIE POUR DE BON, MAIS QUE DE CHOSES ON AURA VÉCUES !
LA SÉRIE A ÉTÉ ADAPTÉE EN ANIMÉ, EN SÉRIE, EN JEU VIDÉO... ELLE M'A PERMIS DE FAIRE TOUTES SORTES DE NOUVELLES EXPÉRIENCES QUE JE N'IMAGINAIS PAS VIVRE UN JOUR
ET TOUT ÇA, C'EST GRÂCE À VOUS, QUI AVEZ LU ET SOUTENU LA SÉRIE JUSQU'À LA FIN. JE VOUS REMERCIE TOUS DU FOND DU COEUR
JE COMPTE SUR VOUS POUR JETER UN OEIL À MON PROCHAIN MANGA !
À BIENTÔT !
ASSISTANTES
KAORI-CHAN ANRI-CHAN SU-CHAN
NARI-CHAN UCCHII
SPECIAL THANKS !
POSTFACE - FIN

SALUT LES DOUBLEURS ! (1)

L'OPÉRA DE QUAT'CASES

SALUT LES DOUBLEURS ! (2)

SALUT LES DOUBLEURS ! (3)

J'VAIS TOUT CASSEEEEER !!

SALUT LES DOUBLEURS ! (4)

*M. JUN FUKUYAMA

QU'EST CE QUE ÇA VEUT DIRE !?

LE PLUS IMPORTANT... LE CHARME !

MES COPINES D'ATELIER

** MATSUN C'EST LE PETIT NOM QUE MES ASSISTANTES DONNENT À MATSUOKA, ET SA MAJESTÉ, C'EST LE SURNOM D'IZUMI

L'ENFER DU JEU

L'OPERA DE QUAT'CASES - FIN

QUELQUES SEMAINES PLUS TARD...
ALORS ILS SE SONT CALMÉS ?
LE PROBLÈME...
C'EST QU'APPAREMMENT, ILS NE SE SONT PAS CONTENTÉS DE SE RÉCONCILIER, ILS SONT DEVENUS TRRRRÈS PROCHES...
TU VEUX PARLER DE LA MANIÈRE DONT IZUMI HARCELAIT MATSUOKA ? ON DIRAIT BIEN QUE TOUT EST ARRANGÉ
OUI...
IL SEMBLERAIT QUE MATSUOKA LUI-MÊME EST REVENU CHERCHER IZUMI, ET ON N'A MÊME PAS EU BESOIN D'INTERVENIR
OOOOH...
MATE
GRAND NETTOYAGE D'ÉTÉ
ON COMPTE SUR VOUS POUR QUE ÇA BRILLE
VEC LE SOUTIEN DU CONSEIL DES ÉLÈVES

GRAND NETTOYAGE D'ÉTÉ
ON COMPTE SUR VOUS POUR QUE ÇA BRILLE ♥
生徒会
VOUS TROUVEZ PAS QU'ILS EN FONT UN PEU TROP, DANS LE REGISTRE « INSÉPARABLES » ?
JE ME RAPPELLE PAS QU'ON AIT DÛ FAIRE DES CÂLINS DE CE GENRE, NOUS
ON DIRAIT BIEN QU'ILS SONT CARRÉMENT JOUE CONTRE JOUE...
D'AILLEURS, L'AUTRE JOUR, J'AI ASSISTÉ À UNE SCÈNE BIZARRE EN PASSANT...
MATSUOKA ÉTAIT ASSIS DANS LE HALL DE L'ÉCOLE, IL DISCUTAIT AVEC DES AMIS
C'EST À CE MOMENT QU'IZUMI EST ARRIVÉ
IL S'EST TOURNÉ VERS LES TYPES QUI ÉTAIENT ASSIS AVEC MATSUOKA
SOURIRE

FIIIXE...
SOURIRE
QU'EST-CE QU'IL Y A ?
T'ÉTAIS BIEN UNE « PRINCESSE » ?
T'ÉTAIS PLUS PETIT, À L'ÉPOQUE ?
ET T'AS VOYAGÉ À L'ÉTRANGER ?
ON VEUT CONNAÎTRE TOUS LES DÉTAILS DE TON HISTOIRE !
HA HA HA
TOUT ÇA...
C'EST RACONTÉ DANS L'ART BOOK « PRINCESS PRINCESS PREMIUM » !
TADAAM
QU'EST-CE QUE ÇA VEUT DIRE, ENCORE !
ON TE PAYE POUR ÇA, D'ABORD !?
CROYEZ PAS QUE VOUS ALLEZ EXASPÉRER LES LECTEURS !?
C'EST CLAIR, VOUS VOUS FOUTEZ UN PEU DE LEUR GUEULE !
C'EST CLAIR ! C'EST CLAIR !
QUE VOULEZ-VOUS, ON N'A PAS LE CHOIX... 'EN SUIS BIEN DÉSOLÉ, MAIS NOUS ARRIVONS LA FIN DE CE MANGA...
IL Y A UN BUDGET À RESPECTER, C'EST LA VIE...
QUELQUES SEMAINES PLUS TARD... - FIN

SI C'EST POSSIBLE, ÇA ME FERAIT PLAISIR QUE VOUS M'ENVOYIEZ VOTRE AVIS SUR MES ŒUVRES, PAR LA MÊME OCCASION !

CEUX QUI SONT INTÉRESSÉS PAR MES ŒUVRES DE DÔJINSHI*, ET QUI VOUDRAIENT RECEVOIR DES INFORMATIONS, PEUVENT M'ENVOYER DANS UNE ENVELOPPE A4 AVEC UN TIMBRE À 80 YENS UNE AUTRE ENVELOPPE DE MÊME TAILLE, TIMBRÉE ÉGALEMENT, AVEC VOTRE NOM ET ADRESSE, POUR LA RÉPONSE. ENVOYEZ LE TOUT À LA RÉDACTION, EN PRÉCISANT QUE C'EST À L'ADRESSE DE MIKIYO TSUDA. (SINON LES GENS DE LA RÉDACTION NE SAURONT PAS QUOI FAIRE DE VOTRE COURRIER)

※ POUR L'ENVELOPPE DE RÉPONSE.

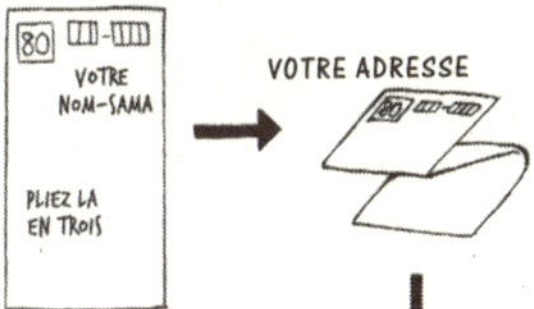

SUR CETTE ENVELOPPE, COLLEZ UN TIMBRE À 80 YENS ET ÉCRIVEZ VOS NOM ET ADRESSE.

INTRODUISEZ-LA DANS L'ENVELOPPE DESTINÉE À LA RÉDACTION.

AVERTISSEMENT

LES ENVELOPPES NON TIMBRÉES, ANONYMES, OU ERRONÉES NE SERONT PAS RENVOYÉES. (POUR L'ENVELOPPE DE RÉPONSE, LES ENVELOPPES FANTAISIES SONT DÉCONSEILLÉES, CAR LES DOCUMENTS N'Y RENTRENT PAS)

J'OPÈRE MES ACTIVITÉS DE DÔJINSHI SOUS LE PSEUDONYME DE TAISHI ZAÔ. LA PARTICIPATION DE CEUX QUI N'AIMENT PAS LE B.L. EST DÉCONSEILLÉE.

LES ACTIVITÉS AUTOUR DU GROUPE ZAÔ SE FONT EN ASSOCIATION AVEC CELLES AUTOUR DE EIKI EIKI DANS UN GROUPE COMMUN NOMMÉ KÔZÔYA. LE DOSSIER D'INFORMATION NE CONCERNE CEPENDANT QUE LE GROUPE ZAÔ, AUSSI IL EST INUTILE DE RÉCLAMER LE DOSSIER KOZÔYA.

← « RECUEIL KÔZÔYA SWEET 10 DIAMOND » FORMAT B5, COULEUR, 40 PAGES, OUVRAGE COLLECTIF, INTERDIT AUX MOINS DE 18 ANS RECUEIL CÉLÉBRANT LE DIXIÈME ANNIVERSAIRE DU CERCLE FONDÉ PAR TSUDA ET EIKI ON Y TROUVE UN ÉPISODE SPÉCIAL DE « PRI PRI » DESSINÉ PAR TSUDA ET UN ÉPISODE SPÉCIAL DE « TRAIN TRAIN » DESSINÉ PAR EIKI

→ « RÊVERIES... LOVE LOVE SHOW ! » FORMAT B5, COULEUR, 52 PAGES, OUVRAGE INDIVIDUEL, INTERDIT AUX MOINS DE 18 ANS VOUS Y TROUVEREZ DES ÉPISODES SPÉCIAUX DE « ÔSE NO MAMA NI » ET DE « BOKUTACHI ASHITA NI MUKATTE IKIRU NO DA », AINSI QU'UNE VERSION UNDERGROUND DE « PRI PRI »

← « PRI RÉVO » FORMAT B5, NOIR ET BLANC, 28 PAGES, OUVRAGE INDIVIDUEL, INTERDIT AUX MOINS DE 18 ANS AVEC UNE VERSION UNDERGROUND DE « PRI PRI », ET UNE VERSION ALTERNATIVE DE L'HISTOIRE QUE J'AI RACONTÉE DANS LE « RECUEIL KÔZÔYA SWEET 10 DIAMOND »

*JE SUIS DÉSOLÉE, MAIS TOUTES CES OEUVRES SONT INTERDITES AUX MOINS DE 18 ANS. IL EST DONC FORMELLEMENT INTERDIT DE LES ENVOYER À DES LECTEURS PLUS JEUNES.

AVERTISSEMENT DATE LIMITE

CES INFORMATIONS NE SONT VALABLES QUE POUR LES TROIS MOIS QUI SUIVRONT LA SORTIE DE LA PREMIÈRE ÉDITION (JAPONAISE) DE CE « PRINCESS PRINCESS + ». COMME IL S'AGIT D'ÉDTIONS LIMITÉES DONT NOUS NE GARDERONS AUCUN STOCK, NOUS NOUS EXCUSONS D'AVANCE AUX CLIENTS QUI NE POURRONT AVOIR LEUR EXEMPLAIRE

EST-CE QUE VOUS VOULEZ BIEN ME LAISSER UNE PLACE ?
UWWAAA !
IL A UTILISÉ SON SOURIRE DE PRINCESSE POUR FAIRE FUIR CES MECS ! IL A FAIT ÇA EXPRÈS, ALORS QU'IL RESTAIT UNE CHAISE DE LIBRE !
AAAH, MAIS BIEN SÛR, VAS-Y !
ENSUITE, LE MEC A ROUGI COMME UNE TOMATE ET S'EST EMPRESSÉ DE LUI LAISSER SA PLACE
TIENS DONC... IL PROGRESSE VITE...
ON DIRAIT BIEN QU'IL MAÎTRISE DÉJÀ LES TECHNIQUES DE PRINCESSE...
DES TECHNIQUES !? QU'EST-CE QUE ÇA VEUT DIRE ? JE COMPRENDS PAS DE QUOI VOUS PARLEZ !?
OH, REGARDEZ, CE SONT NOS FLEURS D'AUTOMNE ! QUEL RAVISSEMENT POUR LES YEUX (COEUR COEUR)
ELLES SONT TOUJOURS AUSSI BELLES
TROP MIGNONNES...
TOUTES ENSEMBLE...
QUEL SPECTACLE ENCHANTEUR !

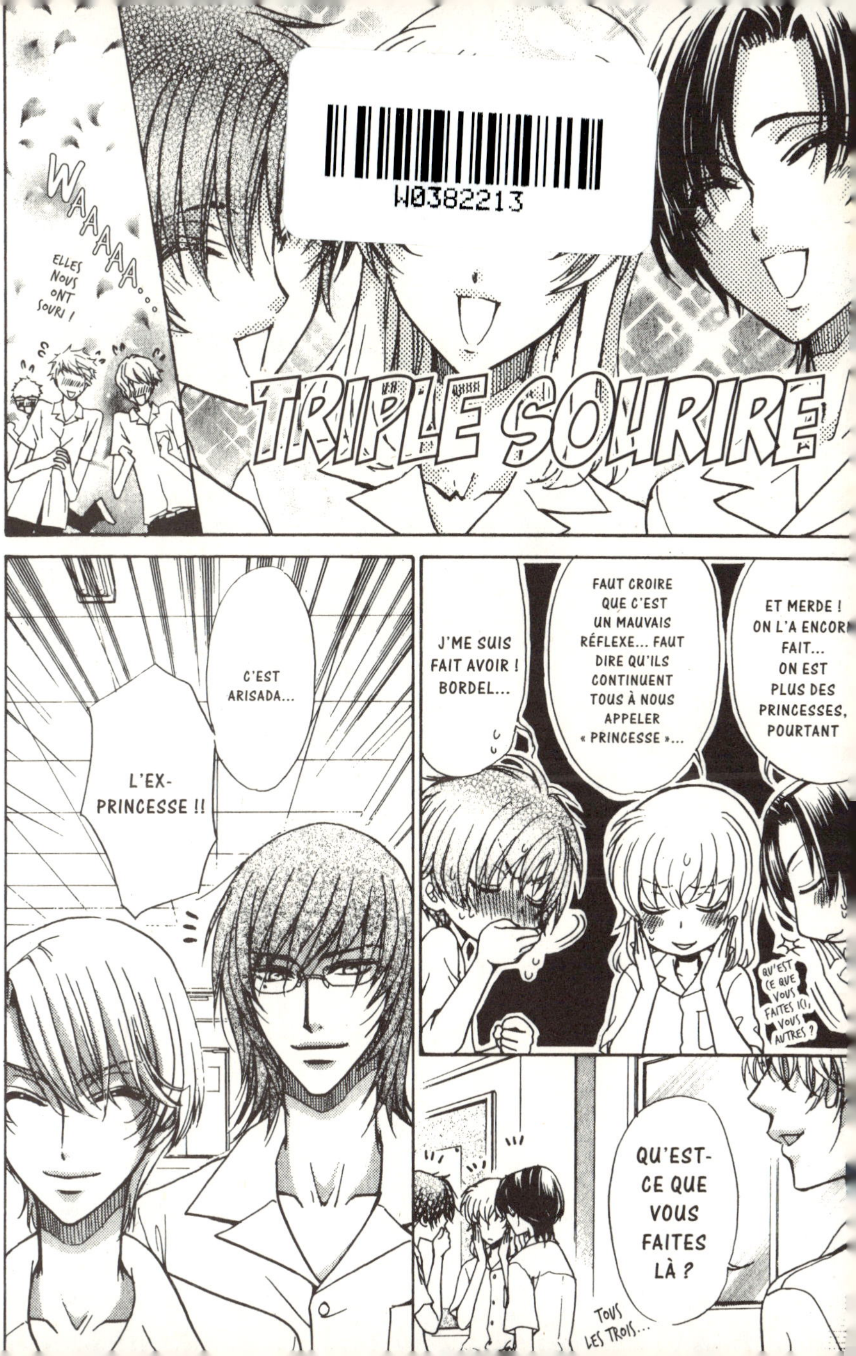
TRIPLE SOURIRE
WAAAAAA...
ELLES NOUS ONT SOURI !
ET MERDE ! ON L'A ENCOR FAIT... ON EST PLUS DES PRINCESSES, POURTANT
FAUT CROIRE QUE C'EST UN MAUVAIS RÉFLEXE... FAUT DIRE QU'ILS CONTINUENT TOUS À NOUS APPELER « PRINCESSE »...
J'ME SUIS FAIT AVOIR ! BORDEL...
QU'EST CE QUE VOUS FAITES ICI, VOUS AUTRES ?
QU'EST-CE QUE VOUS FAITES LÀ ?
TOUS LES TROIS...
C'EST ARISADA...
L'EX-PRINCESSE !!